Copycat master

Copycat master

山寨大王
Copycat master

山寨大王
Copycat master

寡人

THE MASTER OF DOUBLE FACE

武逸文 著

人民东方出版传媒
東方出版社

图书在版编目（CIP）数据

山寨大王 / 武逸文 著. — 北京：东方出版社，2017.3
ISBN 978-7-5060-9503-7

Ⅰ. ①山… Ⅱ. ①武… Ⅲ. ①长篇小说–中国–当代 Ⅳ. ①I247.5

中国版本图书馆CIP数据核字（2017）第038751号

山寨大王
（SHANZHAI DAWANG）

作　　者：武逸文
责任编辑：张军平　王绍君
出　　版：东方出版社
发　　行：人民东方出版传媒有限公司
地　　址：北京市东城区东四十条113号
邮政编码：100007
印　　刷：三河市金泰源印务有限公司
版　　次：2017年4月第1版
印　　次：2017年4月第1次印刷
开　　本：880毫米 × 1230毫米　1/32
印　　张：10.125
字　　数：188千字
书　　号：ISBN 978-7-5060-9503-7
定　　价：36.00元
发行电话：（010）85924663　85924644　85924641

序

《山寨大王》这本书终于要出版了，许多人问我这与我此前拍的电影《山寨大王》有何关联呢？故事是这样的……

还记得和李非导演初次相识是在一个著名连锁咖啡馆里头，此人给我的第一感觉是骨骼清奇，有一种睡饱了后的别样清醒，思维极度敏捷却不失沉稳。于是，在这种带有刺激性的舒适感中，我少有地和陌生人聊起了我的故事，给他听我写的歌，当他听完《山寨大王》这首歌时，突然说：咱们写个故事吧，就叫《山寨大王》，把他写成书，拍成电影，你来主演！语速很快，似乎都没经过大脑思考，我好歹也算见过世面，但此人确实让我当时有些懵逼，还没等缓过来呢，大家就散了……

“山寨”是2008年最火的一个词，对于我而言也是意义重大的一个词，陈年旧账其实我早已无心去翻，总觉得说起来很累，毕竟经过这些年的磨砺，我变成了自己喜欢的样子，这就够了。我一直在做自己认为有意义的事情，可是序写至此又不得不说，我简言好了。我 2002 年模仿周杰伦出道，之后一直从事模仿秀的演艺工作，付出许多努力在演艺圈里打拼，慢慢被许多人认识和认可，也有了属于自己的一批粉丝，我一直认为我与其他艺人没有区别。然 2008 年山寨的火爆却把我打到了娱乐圈的边缘，一时间随着“山寨周杰伦”的报道，我频繁出现在各大头条，数不清的媒体来采访我（其中甚至包括《东方时空》《法制晚报》）。我的存在甚至都成了一个需要用法律来探讨的问题。我用尽全力来维护自己的尊严，却第一次体会到自己的力量是多么微弱，第一次体会到被浪潮彻底淹没的感觉，在经历这一番狂轰滥炸之后，年少的我独自沉沦了一年，也是这一年让我思考了许多未曾真正思考的问题，除了对遭遇的委屈不满之外也开始了自省，开始怀疑那些年收获的掌声和鲜花，开始痛下决心要彻底做回自己！此举并非我认同大众媒体对“山寨”的解读，要痛改前非，恰恰相反，我觉得模仿秀也应该受大家的尊重！模仿秀艺人付出的努力一点不比其他艺人少，得到的却比其他艺人少很多，而且永远没有上升空间，不管你的表演有多好！只是这个浪潮拍醒了我，为何这个行业如此被大家诟病，吃力不讨好我还要继续呢，最初自己热爱音乐与模仿并无关联，只是机缘巧合下让我以这种方式进入娱乐圈而已，为何不趁此完全做回自己呢？于是 2008 年末我写下来《山寨大王》这首歌，既是自我调侃也是自我鼓励吧。

时至今日，书与电影皆已完成，再回望那个咖啡厅行事乖张果断的奇男子，我已将他视为自己最重要的知音。我原以为这个故事会完全以真实的我为原型，但高人就是高人，远远超出我的预想，这个故事发生在古代，讲述的是草民周不凡与山寨大王马天长得极为相似而闹出的一系列啼笑皆非却又十分励志的故事。在此中却反观出了自己，落笔的是他人的故事，读到的却是自己的人生。我很希望大家能到书里面去认识这堆可爱的人，去了解这个精彩的故事。有些故事是需要说给懂的人听，这样会有更多新的故事！

越过山丘才发现无人等候，但其实也无需有人等候，因为，前面还有许多精彩等着我呢……

我心中永远都有那片山寨，那片逍遥自在的土地，那群志同道合的兄弟，在那里我不用管那么多流言蜚语，有空就行个侠、仗个义，不去管外面谁是天王，而我只做自己的大王！

周展翅亲笔

目录

第一章

吮香楼皇帝险遇害
诸葛府忠臣将罹难

历史上的改朝换代乃是常事。一个皇帝出现了，一代代地传承下去，一代代地昏庸下去，直到出现一个这样的人，他众望所归、民心所应，打败了旧的皇帝成为了新的皇帝，改了新的国号，制定新的历法。新的皇帝勤勤勉勉治理国家，再继续一代代传承下去，一代代昏庸下去，等待下一个人推翻从新来过。这就是历史，至少这是史官笔下的历史。

一将功成万骨枯，历史车轮滚滚向前总是不乏冤魂，现在人头高挂的那位就是历史的牺牲品，不过他不是皇帝，是皇帝身边的一个侍卫。他的头颅被装在一个小木匣子里，露着脸，用麻绳穿了挂在高高的刑架上，他的眼睛还是睁开的，无神的双眼迎着风带着他的头颅在摆动，木然地仿佛仍在审视着刑场下的人群。过往的行人被看得毛了，匆匆避开那个地方。只有远处一些胆子大的商户谈论起："哎，多好的人啊，可惜了。"然后叹口气，摇摇头，继续做自己的买卖。看吧，老百姓其实并不关心历史，不关心死的是谁，为何而死，只要不是自己认得的人就好，再不济只要不是自己就好。

不远处就是皇城，先帝迁都北上，新修的皇城，只过了一代，不到半甲子的光景，一切仿佛还如往常，就像当年一般盛世，城门上的朱漆也不过多了几道裂纹罢了。过了前三殿，便是后三宫。相比前三殿庄严绚丽尽显皇家气派，这后三宫则是另一番光景。虽名曰后三宫实有东西各六宫，各个自成院落，并附带各种功能的所在，就像一个人一样，站在你面前总是落落大方的简洁，可面目后却又是各种弯弯绕绕的叵测心机。

西六宫此时正是最热闹的所在，就看着宫女太监或端着锦盒，或空着手，络绎不绝地穿梭于此，汇集点便是长春宫的安喜殿。殿内，一位妃子倚在美人榻上，门外戏台一黑一白演的是她最爱的《三岔口》。身边宫女太监忙忙碌碌端来各色时令瓜果、精致的点心肴馔，那妃子眼皮都没抬一下，软软地挥了挥手，"撤了吧"，又点了点门外戏台，"让他们也都添头吧"。奴才们如得了赦令，又一个个恭恭敬敬，肃然无声流水般的退出去。美妃伸手拂开床榻上的珍珠薄纱露出脸来，二十左右的年华，肤如玉脂，眉眼生得极为娇媚，流转了眼波朝外望去，娇滴滴道："皇上，臣妾怕是前几日受了那狂徒惊吓，如今还未好全，今天不能陪皇上了。”说罢又病恹恹地躺了下去。

皇帝身着五爪龙袍，坐在不远处，焦急地朝里张望，旁人看去，皇帝两鬓一层霜白，早已过了不惑之年。可榻上的那位正是皇帝心尖子上的那一两痒肉，心念一动都觉酥麻，自然宠爱非常。这不，前几日受了惊吓，一病不起，已有近十日不曾亲近了。听得美妃今日又不能侍寝，心尖的痒肉得不到缓解，顿时就冲着台阶下跪着的一群太医发起怒来，太医们不敢抬头辩解，娘娘这病的蹊跷，按理说被吓着了也不过喝几口汤药，再不济抓上一把小米除除惊，歇个三两日也该好得差不多了，但不知怎的，这已经十日了，还是不成。太医们只得鹌鹑似的跪成一团，磕头如捣蒜，例数自己无能，只求主子宽恕。

倒是皇帝身旁的太监聪明得很，等皇帝骂得差不多了，气也顺得差不多，才一边轻拍皇上的龙背，一面笑着说：“哎哟，我的陛下啊，莫要气坏了龙体，万贵妃娘娘前几日受了奸贼惊吓，娘娘身娇肉贵，想来再休养几日就不碍事了。”皇帝斜眼朝太监看去，此人姓刘，跟了他十数年，伺候的极为贴心，若说这皇宫里最了解自己的那就该是这奴才了。

“那奸贼，枉顾陛下圣恩浩荡，身为侍卫统领竟然妄图污辱贵妃娘娘，如今人头已经高挂刑场，咱们陛下就不要再动怒了吧。”刘公公一边宽慰一边凑到皇帝耳旁偷偷地说，“奴才已经替陛下留意了，京西，吮香楼，白城新来的美人。”皇帝听来，眼睛一亮，心头的痒肉又被勾了起来，二人心照不宣，当下就开心起来，朝里喊了一句“既然爱妃病着，那更要好好养着，朕改日再来看你。”说罢便转身前呼后拥地走了。刘公公跟在一旁小声说：“陛下放心，奴才啊，早就一切安排妥当啦。”一众人马出了安喜殿，万贵妃才从榻上又掀开帘子探了一眼，听得皇帝走远了，才又懒懒地吩咐奴才，指了指戏台：“别让他们添了，都扮上，继续唱。”

傍晚，后三宫边上不起眼的一个院子，只见有个人偷偷溜了进去。此人精通唇语，乃是今日跟在皇帝身边服侍的一个小太监，他慌慌张张地写了一张字条递进屋内。不一会儿，一只信鸦便从屋内飞了出去。飞出了皇城。放信鸦的人站在台子上，盯着那传信的太监，又看了看远处飞走的信鸦，道了句“如贵人所言，我们也要着手准备了”。

入夜，吮香楼老板迎来了她这辈子最重要的贵客，面上抹了厚厚的红脂，脖子上挂了一串合欢的香珠，摇着野鸡翎扇子唯恐一丝不周地招呼着。介绍的人再三提醒，这是贵客。老鸨看这人穿的一身华丽模样，又带着十数名护卫，定是非富即贵，对着身边早就莺莺燕燕围了几圈的庸俗脂粉瞧都不瞧。再看打赏的手笔，掀帘的小厮都赏了两片金叶子，是只肥羊绝对没跑儿，决不能轻易放过。管他什么来历，只要给钱，那就是她的好爷爷。正巧了，前两日白城刚送来上好的货色，新人入场讲究头彩，要在接客的牌子上挂一串璎珞，表示新到的姑娘，还未伺候过人，这价钱自然也是要高一些的。这不，璎珞的牌子刚做好还没挂上，头彩可就遇到了正主。

老鸨赶紧吩咐手下人把白城来的好货迎出来给贵客瞧瞧可心不可心。只瞅见楼上一位缓步而降，一双芍药底的软鞋轻移莲步，脚踝又细又白，坠着各色细碎宝石的链子，腿上一匹锦缎勾勒着修长曲线，腰身似迎风拂柳，身披一件薄纱，内里隐约是红色的肚兜绣着一双金鱼，托着快要溢出的温柔所在。贵客再往上瞧去，纤细的脖颈，面若桃花，一双深邃的异色瞳仁如泡在春水里的两颗青杏，勾的他魂魄都要过去了。不自觉地伸手朝美人面上摸去，刚碰到一点肌肤，对方娇滴滴地哼了一声，别过脸去，发丝甩动，带起阵阵酥骨的软香，这一娇嗔不要紧，只让那贵客顿觉喉头发紧，胸口似有只着了火的狸猫钻了进去，百爪挠心的滚烫。撒了一大把金叶子，迫不及待地搂着美人就向房内走去，从里插上了门。贵客带来的护卫也识相地退到了楼梯口把守，若有人想要靠近便被赶走。

老鸨有眼色地撤了围观的众人，一片片地从地上捡起金叶子来，脸上藏不住的笑意。看样子今天是要发大财了，掂量着怀里沉甸甸的收成，迫不及待地数了起来。只是才数了两遍，突然就听嗖的一声破风。

“来人啊！抓刺客！”一声长呼打破了温柔乡中眠，那位贵客衣冠不整，破门而出，极为狼狈，身后一黑衣人持刀紧跟而出，面罩已被撕裂露出样貌，而屋内那位异族美人赤身裸体，背后中了一箭已经倒在血泊之中，眼见便是不活，身体抽动了几下，香消玉殒。护卫们赶忙前来营救，黑衣人三翻两跳，躲过护卫至贵客面前，举刀便砍，眼看寒光已至眼前，突然从屋外又射入一支冷箭撞开了刀刃，刀锋一偏，砍倒了一旁的灯台。厅里一些伪装成寻花问柳之人的也按捺不住，撕去伪装亮出刀剑朝贵客冲去，却和贵客的护卫们缠斗一起。而楼外树上早已埋伏了一批弓箭手，此时数箭齐发朝屋内射去。这一夜过去，只怕这温柔乡再也温柔不起来了。

瞬间，吮香楼惊叫频频，逃命的、追杀的、中箭的、吓瘫的，所有人乱成一团。老鸨逃命时金叶子撒了一地，刚要弯腰捡起这取之不易的横财，项上一凉，横死当下。也不知谁喊了一声“诸葛大人来了！”穿黑衣的那名刺客忙撤了手，从窗户跳入吮香楼邻傍的河中，夜色茫茫，借着河水反光，荡开几道水痕便不见了踪影。楼外埋伏的弓箭手此时也借着树影遁走了。楼内只剩了几具无关紧要的尸体和那位又惊又怒披头散发的“贵客”。

直到步兵统领衙门人到了，在楼外里三层外三层，围了水泄不通，及时赶到的诸葛大人扶着贵客进了马车，才真真松了一口气。“臣救驾来迟，请陛下赐罪！”眼前跪在车内的是步兵统领衙门的提督诸葛明，此人性格刚正不阿，出了名的驴脾气，倒是先皇很是喜欢，还将亲生的长公主许配给了他。只是此刻皇帝又羞又怒，堂堂九五之尊，本想在这温柔乡逍遥片刻，谁曾想竟然差点连命都要折在里头，还被自己的妹夫撞了个正着，一口闷气正憋在喉头，咽不下，也吐不出，只好黑着脸道了两个字：“回宫！”

当晚皇帝由诸葛大人带着人马浩浩荡荡地护送进了皇宫。惊魂未定的皇帝沐浴结束，由宫女伺候着重新穿上龙袍，坐在乾清宫的龙椅上，望着殿下跪着的两人，一个是救他回宫的诸葛明，一个就是安排他出宫的刘公公。此时皇帝再见到刘公公，心里越发恼火，大声训斥道：“说！这到底是怎么回事！刺客是谁？从哪里来的？”抓起身旁一名太监的拂尘掷了出去，正砸在刘公公头上，“不是都安排好了吗？哪来的刺客？讲！”

刘公公赶忙磕了一串响头颤抖着说：“奴才该死，奴才该死，陛下息怒，依奴才所思，必定是之前处死的侍卫统领的亲信，趁机报复，这等乱臣贼子，奴才一定为陛下铲除干净，以免圣忧。”刘公公抬起头来望向一旁同跪的诸葛明，“这次多亏了诸葛大人，咱们皇上才有惊无险，京城治安本就是步兵统领衙门的职责，不知诸葛大人有何高见？”刘公公觉得此事窝囊，加上他与诸葛明从来都是势同水火，自本朝开始，宦官可干朝局政事，不归三院管辖，自主办事，他正是督主，官如正一品，与诸葛明不论权力还是实力都旗鼓相当。而自他上台以来这诸葛明屡屡与他作对，还曾数次劝谏皇帝撤了厂卫一司。刘公公怎能容他，当然得抓住一切机会将烫手活计推了过去。

经由刘公公提醒，皇帝想了想的确如此，望向一旁跪着的诸葛明，语气却软了些。“诸葛明，你来讲，你掌管京城护卫，这些个乱党是怎么混进京城，又怎么逃脱的？”

诸葛明跪在殿下：“臣罪该万死。臣有失职之罪。”

皇帝知道此刻不能赐罪，诸葛明掌管整个京城兵力部署，更何况自己是被他救回来的，但如刘公公所言，此事本就是他的责任，他推脱不得。“朕命你一月内抓住那个黑衣刺客，别想随便抓个犯人蒙混过关，朕记得那人的长相，一月后见不到此人，你革职查办。”又瞥了一眼刘公公，“你带着你的人，从旁协助。”

说完，挥挥手打发两人出了大殿。皇帝揉了揉酸麻的太阳穴，懒懒地靠了一会儿，身旁那些太监宫女又开始忙碌起来，待舒服些了，皇帝心尖的痒肉又酥酥麻麻地冒了出来，挥了挥手，召来一本花册，翻翻看该去后宫哪处解痒。

而退出殿外那二人，对视片刻，刘公公还是低眉顺眼地冲诸葛明行了一礼，挤出个不阴不阳的笑脸，转身便走了。而诸葛明看着刘公公的背影，想着刚才大殿上的暗算，心中狠狠地骂了一句：“阉贼。”本来救驾有功，被这阉人三言两语竟成了罪过。

诸葛明回府便头疼起来，一月内破案，一月内破案。这怎么可能，吮香楼一干人等都被皇帝临走前以乱党之罪处斩，说是乱党，其实诸葛明知道这不过是为了保住那点皇家颜面罢了。刺客同伙的尸体倒是有几具，但除了尸体，姓名，籍贯，干什么的，从哪混进来，什么都查不出来。就连那白城的美人也只知道是前两日送来的，谁送来的，怎么送来的，唯一知情的只有老鸨，如今也在混乱中被杀，真真是无迹可寻了。看来只得加强京中部署，广播眼线，严查各城门出入行人，只要那晚刺客还活着，凭这一夜的时间，绝对出不了城门，离不开这京城。眼下只能如此了。先将刺客困在京，再作打算。

诸葛明，家族中人世代为官，他也是两朝元老了，一生克己律人好好辅佐帝王，只求能光耀这诸葛门楣，但眼下宦官当道，祸乱朝纲，许多旧人老友或者被害，或者告老还乡，远离这朝廷的血雨腥风。前不久被处斩的侍卫就曾与他有数面之缘，那可是皇帝的贴身侍卫统领，武功极高，为人憨厚正直，忠心耿耿，却不知怎的竟被安了个企图污辱贵妃的罪名被杀，人头至今还高悬刑场。诸葛明转念想到，如果他还在，估计就不会有今日这麻烦事了吧。有他在，天下无人能行刺，也无人敢行刺。

此时的诸葛明还不知道，此案最关键的人正堂而皇之的在他府上过活——

诸葛府内院杂役，周不凡。

周不凡看起来不过是诸葛明府内一个内院杂役。虽然名曰不凡，但这个人不管样貌、出身、才学，都实在看不出不凡之处。他记事开始，他的母亲就疯疯癫癫，全靠邻居爷叔姨婶们一顿顿剩饭，一件件破衣，他和母亲才撑过了一个个酷暑寒冬，小小年纪便尝尽人情冷暖。为人倒是不错，懂得知恩图报，后来他卖身到诸葛明的府上。管家看他瘦小寒酸并不想要，但府中千金见了却是极为喜欢，非要留下来。最后诸葛明拗不过女儿，只好留他在内院做了个杂役。当时两人还都小，诸葛明想着大不了就当给女儿找了个玩伴好了。于是周不凡就在诸葛府留下来当差，直到今日。

周不凡自己都没有想到，自他入府那日起，他的人生就已经不再属于他自己。他的一生，不再是碌碌无为的老百姓的一生，从踏入诸葛府大门的那一步起，他就成为了历史的参与者。最终他和这诸葛府都会卷进这皇朝历史中最见不得人的那一面。

在诸葛府做杂役这段日子，诸葛府千金珠珠对他很是亲近，珠珠的母亲是先皇长女，只是很早便过世了，从小失了母亲，加上才貌也不出挑，珠珠经常被其他的郡主、公主排挤，在周不凡入府前总是一个人闷在家里。可自从这个年龄比她稍大几岁的周不凡入府后，珠珠总是跟屁虫一般黏在周不凡身后，开始周不凡还比较收敛，渐渐胆子大了，也跟着珠珠玩闹起来，诸葛明起先并不喜欢这个新来的小杂役，因为他太内敛，为人处世都给自己留有余地，很多事装傻充愣。但诸葛明这般能在两朝混到如今地位的老人精，岂能看不出来这小子多智近妖，但又觉得此人年龄尚小，品行亦不坏，女儿有个玩伴总是好过死气沉沉闷在家里，权当给珠珠找了个哥哥罢，偶尔见了他淘气也不过是不痛不痒的申斥几句。周不凡给打发得胆子越发大了起来，未进诸葛府时曾学过些算命的本事，经常拿了算命的家伙什儿翻墙出去，在宰相府墙下起了摊子贴补家用，又开始招摇撞骗算起命起来。

珠珠则就在墙内假山上陪着，送饭，递水，偶尔见周不凡遇到地痞流氓还要飞身下去帮着打架，就这么打打闹闹的一直过到了现在。

这一日周不凡收了摊子，算着今天的收成，珠珠则坐在墙头，开心的冲墙角下数铜板的周不凡讲起今天进宫所见："不凡，我听了你的话，送了老祖宗一件我亲手缝的软毯，老祖宗果然喜欢，虽然没有人家其他公主皇子送的金石玉器贵重，但临走时老祖宗特地留我说了好一会子话呢。"

周不凡低头数着铜板："我就说嘛，老人家年纪大了，当了那么些年皇后，什么首饰没戴过，如今又做了太后，什么奇珍异宝没见过。比起那些黄白绿的石头，一件外孙女亲手缝的软毯更显得贴心。虽然是条软毯，但你缝了九只水貂皮，送得出手不说，也不会抢了别人风头，省得遭人记恨。"周不凡还有一句没说，那就是避险，诸葛大人为人刚正不阿，在朝中得罪了不少人，珠珠如果送礼过于贵重，难保不会有人借题发挥。周不凡虽然只是个杂役，但副业却是看人看鬼的买卖，在诸葛府这么多年，加上他一点就透的性子，在朝如何避祸多少还是懂一些，只是这些事情周不凡不想珠珠知道罢了。数的差不多了，抬头跟珠珠喊道："珠珠，今天我买卖不错，明天偷偷给你买于老头他们家的炸糕。你不是最喜欢吃么？"

珠珠在假山上，周不凡抬头望去，珠珠穿了一件淡红色的小褂，上面绣着一条条金鱼，夕阳暖洋洋地照在珠珠身上，将她全身镀上了一层橙黄色，就见珠珠捂脸笑着道："不用了，我都这么胖了，眼看入冬了，你去买些棉花，我这还剩了几尺松青，正好给你和周大娘做两件冬衣穿。我刚才已经传人去请周大娘过来量下尺寸，自己做的总比买的成衣更贴身嘛。"

周不凡挠头笑道："是啊，又入冬了呢。"这些年，珠珠待他极好，把他与母亲视为一家，而且珠珠很懂分寸，从不动辄主子似地赏赐，凡事都是自己动手，以免让周不凡难堪。

周不凡收好摊子，抬手便把收好的算命家当丢进墙内，却听哎哟一声，尖声细气，怕是砸到了什么人。

周不凡赶忙翻墙进了内院，却又正好踩到那人的手背，赶忙又跳开来。那人吃痛，站起来翘着兰花指指着周不凡，举起随身的拂尘便要朝周不凡打去时，却看珠珠从天而降，一把蛮力夺过了拂尘，"哪里来的人，敢来我诸葛府撒野。"对着那人便抽打起来。诸葛珠珠自小习武，加上身宽体胖力气也是极大，一般人哪里是对手，那人当下被打倒在地哀号连连。

内院吵闹，前院也不得安宁，刘公公眼下正为刺客一案前来诸葛府拜访，二人本就话不投机，没两句就争执起来，此时又听得内院有打斗声，便循着声音赶了过去。刚至内院就看到珠珠举着拂尘抽打躺在地上打滚的一名内监。诸葛明赶紧制止，拉着珠珠到刘公公面前，“公公，我女儿不懂事，您多担待。”话是道歉的话，但言语口气却是半点歉意也没有。

“哎哟，诸葛大人哪里话，哪有主子给咱们奴才赔礼的道理，诸葛千金乃是长公主之女，只是可怜呐，长公主早逝，咱们皇帝这才给千金加封了公主。既是公主，自然也是奴才的主子，咱们奴才不懂事冲撞了主子，打几下不碍事的。”刘公公铁青着脸，看着退到他身旁的那名鼻青脸肿的内监：“本来贵妃娘娘赏赐了奴才一斛南海新进的珍珠，我让这狗奴给送来，不想却惊着了公主殿下。”说罢又瞥了珠珠一眼，“不过今日一见，哎哟人如其名，咱们主子果然珠圆玉润，不像其他家的主子一般，这珍珠自然也用不上喽。”身旁那内监听懂了刘公公所指，偷偷笑了起来。

珠珠怎会不懂刘公公的嘲讽，当下脸便红了起来。女孩子哪有不爱美的，珠珠知道自己身宽体胖，但几时有人敢这样讥讽，登时恼得话也说不出。

周不凡在一旁看了，敢欺负珠珠？哪能罢休！跳到那内监面前，抬手就是两个大嘴巴，抽得对方眼冒金星，周不凡大喝一声“跪下！”那人不知周不凡什么背景，赶紧跪下。刘公公也不知道这是何方神圣，也被周不凡理直气壮的样子唬住。周不凡低头瞪着那内监：“刘公公夸公主殿下，你笑个什么鬼，你是羡慕呢？还是嫉妒？”那人不知如何回答，周不凡抬手又是一耳光，“羡慕吗？说！”那人赶忙说：“羡慕，羡慕！”又是俩耳光，“我让你羡慕，我让你羡慕，狗奴才羡慕主子，你也配！”那人又赶忙说：“不羡慕，不羡慕，我嫉妒。”周不凡听了，抽得更是带劲：“我让你嫉妒，好大胆的奴才，以奴妒主乃是大罪，我让你嫉妒！我若饶了你才真是出了鬼，狗仗人势的奴才！”说话间耳光不停。最后那一句指桑骂槐，刘公公脸色越发难看起来。

诸葛明喝了一声，叫周不凡停手。周不凡这才乖乖停了下来，跪着那人晃了两晃，便软绵绵倒地，竟是晕了过去。刘公公这才看清周不凡面貌，似是吃了一惊，急急掩了脸，吩咐手下把晕过去那位抬走，道了句时辰不早，还需回宫伺候，便要离开。诸葛明叫了珠珠去送，路上刘公公问诸葛珠珠：“哎哟，刚才那是哪家府上的公子，好生厉害啊。”诸葛珠珠笑了笑，“哪里是什么公子，不过是我内院的一名杂役罢了。”看刘公公脸红了又青，又补了一句：“让公公见笑了。府内还有事情要处理，不远送了。”送至门口，转身便回去了。

刘公公上了马车，脸上阴晴不定，这个诸葛明，这般捉弄自己，连府上小厮都欺负到了自己头上。突地心中一动，示意身边一名太监附耳过来，低语几句。那太监叫了几个人从一旁的暗巷溜了出去，刘公公这才有了一丝笑意，“诸葛明，你给自己招了这么个好奴才，就怪不得我了。”

送走了刘公公，诸葛明把周不凡叫来好一通训斥，末了罚周不凡去给后院养金鱼的水缸统统换一遍水，这才作罢。说是罚其实也无关痛痒，毕竟有珠珠在，两个人干起来也是很快的，只是干到一半，派去请周母的丫鬟带着周母回来了，珠珠和周不凡怕周母看到不凡被罚，珠珠便领着周母到一旁去量衣，剩下这些只剩周不凡一人，也是干到深夜，说不尽的腰酸腿疼，珠珠说今夜太晚，就留周母住上一晚，周不凡只好自己回家去了。

到家门口已经是半夜，周不凡揉着酸疼的肩膀，一面往家走一面对坑了自己的刘公公骂骂咧咧，骂着骂着就骂到了家门口。推门进去，只觉得背后有风，待要回头，后颈一木，两眼一黑晕了过去。偷袭的不是别人，正是刘公公耳语的手下，他们赶忙把周不凡捆了装进口袋，几个人扛了上车，灯也不点，无声无息地走了。

等周不凡醒来时，才发现自己已经被五花大绑，身处牢狱之中，面前坐着一人，端着描金的瓷碗喝着茶，再定睛一瞧，不就是让他骂了一路的刘公公么，果然不能背后说人，说曹操，曹操就把他绑来了。

刘公公见周不凡醒了，放下茶碗，甩了甩拂尘。“叫什么名字啊？”

“周不凡。”

“哪里人啊？”

“京城人。”

“多大了啊。”

“二十四。你到底想怎样！”周不凡被刘公公看得发毛，这阉贼跟诸葛明积怨颇深，彼此克制约束，赶忙喊道：“我告诉你，诸葛大人如果知道我不见了，他，他女儿一定把整个京城翻过来，到时候你吃不了……”

话未说完刘公公就是一个耳光，锐利的指甲在周不凡脸上抽出道道血痕。“哎哟，我会怕他？笑话，我敢把你绑来就不怕他上门要人。”身边一位太监递来一块锦帕，刘公公伸手过去，那人小心地托着刘公公的手，轻轻擦去指甲上的血渍。“杀了你，又有何难，只是眼下咱家给你条活路，你若听话，事后我便放了你。”

周不凡本想把诸葛明搬出来让刘公公忌惮一下，没曾想这人心狠手辣，让他做的八成也不是什么好事，直接把头转到一边，沉默不语。

“你若不答应，”刘公公伸手把周不凡的脸掰向自己，“杀了你倒不难，至于你母亲嘛，更是不难喽。”

“你想怎样。”周不凡被刘公公以母威胁，只好低头。

刘公公用那景泰蓝护甲不停蹭着周不凡的下巴笑道：“只要

明天你帮我冒充一个人，事后我一定放了你，还会给你一大笔钱让你和你娘在别处安身立命，怎么样啊。”

周不凡点点头，“好吧。”又盯着刘公公的脸道：“只是公公啊，您额窄细长，眉淡有断，两颊凹陷，颧骨凸出，人中太浅。这面相若是女人必定克夫，若是男人也必定出尔反尔，你让我如何信……”

“本事不大，嘴还讨嫌。”刘公公突然将一根银针刺入周不凡耳后，周不凡顿时张嘴却发不出声，原是被封了哑穴。

“你没得选。”刘公公又呷了口茶，抽出方帕子擦了擦嘴，阴阳怪气地笑了笑。“都给我看好了，别让他死了。我有大用。”

近两日皇帝身边的小太监可是紧张得很，皇帝登基以来，国力根基深厚，朝政顺风顺水，诸葛大人为首的众臣用心辅佐，除了好些年前出过一次叛乱，但也很快平息，直到如今都未出过什么乱子。前朝有诸葛明助力，后宫有刘公公与万贵妃伺候，平常的皇帝啊，不要太好交代。即便在伺候上偶有不痛不痒的差错，讲几个笑话，出几个丑，陛下笑骂两句就完事了，伺候好了还经常有些赏赐。

可如今不知怎的，自打前些日出了侍卫统领污辱万贵妃一事后，后宫大乱，麻烦不断。仅是后宫也就罢了，毕竟有刘公公在。皇帝遇刺后，前朝也是风波突起，叶柏国挑衅，西域使团被劫，东洋的船队在临海转了一圈竟莫名其妙地沉了，江南出了个邪教，河夏几省又出了官员腐败，东海乡试考生罢考，就连与京城不远的平阳城也突发瘟疫。内忧外患不断，都是些可大可小的麻烦事，皇帝面前的奏折已经堆得如小山一般，心情也越发烦躁起来。

小太监端着金盆低着头弯着腰，小碎步走得飞快，生怕水凉了惹得主子生气。好不容易走进书房，当头就飞来一只茶杯，不偏不倚正砸在他的头上，两眼一黑，“咣当”一声，小太监被砸倒在地，金盆也翻了，水洒了一地。

“这也是茶么！不是太冷就是太烫，你们是怎么伺候朕的。”皇帝从奏折后站起来看到门口一地狼藉越发火大起来，“端盆水也这么毛躁，你们一个个都要与朕对着干是吗？啊？”

身边的宫女太监赶紧跪下，磕头讨饶。就在这时，刘公公进了书房，看到一地的水和跪着的人，当下心里就清楚得很，赶紧对宫女太监道：“哎哟，这帮狗东西，你们都是死人啊，水洒了就赶紧再去取，记得放些茉莉粉给皇上去去热气。茶凉了就再去烹，记得六分火。”又指了几个宫女，“还不赶紧把这些打扫了，没眼力的东西。”

刘公公骂完手下人，小步走到皇帝身旁，一只手托着皇帝的胳膊把皇帝扶好坐下，便轻轻揉着皇帝的肩膀，小声地宽慰起来。皇帝被伺候得舒服了，气氛缓和下来。刘公公一面揉着皇帝的太阳穴一面说道：“陛下还记得交代奴才去办的事么？”

皇帝闭着眼睛享受着道：“什么事啊？”

“陛下吩咐奴才去抓那些刺客啊。”

皇帝这才睁开眼睛，“不错！这几日朕焦头烂额差点将此事忘了，怎么，你抓住了刺客？”

刘公公笑了笑，对着房外使了个眼色。马上就有几个太监押着一个人进来，皇帝看去，那人五花大绑，头上套了一个黑色布袋，也不知自己到了什么所在的样子。刘公公大喝一声“跪下！”那人愣了几许便跪了下来。

“陛下您看。”说话间，刘公公走到那人旁边，伸手一面取下那人头上的布袋。正是昨夜被他掳来的周不凡。

周不凡在地牢时，头就被套上一个黑色布袋，然后被几个人带走，也不知道是要去哪里，只记得上台阶，走路，坐马车，又换了小轿。最后被带到此处。突然袋子被撤走，光晃得他睁不开眼，一时看不清到了什么所在。好不容易看得清晰些，就见自己仿佛是在一间书房里，只是这书房比诸葛府大了数倍不止，古色古香的红木架子，上面摆满了各种书籍，再看四面墙角摆上了基本说不上名字的花草。正对面十步开外坐了一人，身着龙袍。难道是皇帝！又惊又怕，当下就愣住了。

这一愣不要紧，皇帝真真看清了他的样貌，再看他这么恐惧的表情，一定是了。想起那一夜的惊险，狼狈，心中怒火上涌，大声喊道：“来人啊！拖出去活烹了他！”

刘公公赶忙上前阻止，又对门外的侍卫挥了挥手，示意他们下去。“陛下莫要气坏了身子，确认此人便是那夜行刺的人么？”皇帝点了点头，嗯了一声。

周不凡听言，大惊失色，汗毛都立了起来。刺客？！我怎么就成了刺客，难道我与那刺客长得极为相似，刘公公这才绑了我顶罪么？这可如何是好，原来刘公公昨夜让我冒充的竟然是行刺皇帝的刺客，刚要申辩又发现自己被封了哑穴，张开嘴半个字也喊不出来，只得挣扎起来。

刘公公见他挣扎不止，又走到他身前，一面给他套上那个黑色布袋，一面小声地在他耳边说了“想活命就老实点”。

周不凡只好平静下来，但身体还是忍不住地颤抖起来，有恐惧，有愤怒。

刘公公对身旁几个太监使了个眼色，几个人便又把周不凡抬了下去。

皇帝不解，刘公公解释道：“陛下息怒，暂时还不能杀了此人。”刘公公又走到皇帝身边小声说道：“此人身份复杂，陛下就不问奴才是在哪里抓到的此人么？”

“哪里？”

“诸葛府。”

皇帝大惊失色道：“不可能！诸葛明辅佐朕这些年，兢兢业业，当夜朕还是为他所救。朕这就传他进宫。”

刘公公笑了笑，“陛下莫急，此人名叫周不凡，是诸葛府内院的一名杂役。千真万确。奴才问过事发当晚周围的人，也查到一些线索，跟着这些蛛丝马迹，一路就查到了此人。只是……”

刘公公看了眼皇帝的神情，皇帝似乎已经开始有些相信他说的话了，有没有查案他自己最清楚，当日皇帝下旨，他不过只是协助罢了，眼下只要让皇帝顺着他的话往下想即可。可诸葛明深得皇上信任，刘公公与诸葛明这几年斗得如火如荼，虽然表面不明显，但皇帝也不是不清楚，如是皇帝有了他从中作梗的念头可是不妙，还是不要急功近利的好。稳了稳气息继续说道：“只是此人是不是受诸葛大人指使，奴才还未得到证实，眼下还是不要打草惊蛇为好，若是有人别有用心，安插此人去诸葛大人府上，再意图嫁祸，岂不是冤枉了诸葛大人，诸葛大人这些年为了陛下也算得上劳苦功高，还请陛下宽限些时日，待奴才查清真相，再请陛下圣心裁夺。”

皇帝听来也觉得有道理，毕竟诸葛明辅佐他这些年，他心里还是多多少少清楚的，刘公公说的也不是没有可能，先安插这个人到诸葛府，再让他来行刺，最后再暴露出来，栽赃陷害，不是没有可能。只是，皇帝突然想起几年前的叛乱，毕竟他坐的这个皇位，是多少人都梦寐以求的东西，心里又开始有些犹豫，万一真的是他呢？但嘴上还是说：“嗯，那就依你所言，千万不要冤枉了诸葛明，平白受这不白之冤，他怎么可能是主使行刺之人，当夜，当夜还是他救了朕。”

与其说这话是要说给刘公公听，倒不如说是说给皇帝自己听。

“奴才遵旨，一定查出真相，还诸葛大人一个清白。”刘公公看了皇帝说话时的神情，他伺候皇帝这么多年，皇帝的心性他最是了解，当下皇帝嘴上不说，但顺着他自己的话，还一个清白，看样子皇帝已经怀疑诸葛明就是主使之人了，那就再添一把火，又嘀咕了一句：“哎哟，说来奴才现在还是后怕，当夜多亏了是诸葛大人救驾及时，诸葛大人掌管步兵统领衙门与京兆府，诸葛府又在京城东侧，陛下在京西遇刺，诸葛大人调兵遣将好在救驾及时，咱们陛下洪福齐天，真儿真儿的是有惊无险啊。奴才告退了。”是啊。事发在城西，诸葛在城东，遇刺电光火石间，诸葛明怎么就能来得那么及时，即便是例行巡逻又怎样，皇帝已经起了疑心，那就继续怀疑吧，瓜田李下，诸葛明已然说不清楚了。

说完，刘公公便退了下去。刚至门口，就见一个太监低头捧着奏折往书房来，擦肩而过。刘公公问了句，对方说是西南战事的折子便进去了。刘公公叹了口气：“哎，诸葛明啊诸葛明，算你运气好，眼下皇帝要处理的事也多了，就先让你多活几天吧。”刘公公朝宫门外的方向望去，那枚人头如今应该还没烂光，不过不要紧，明天我就让周不凡的人头与你做伴去。

第二章

周不凡临死困地牢
吴老头搭救开地道

话说这刘公公在宫外有一私宅，坐落京城西北角，背靠京郊红叶山，外人看来端的是无比豪华，一对汉白玉的醒狮把着门口，照壁是两丈千寿图。门楣正中红底蓝字书“刘府”二字，鎏金雕花好不气派。只是这偌大的刘府却也是奇怪，总是冷冷清清，入夜后除了门口挂两盏灯笼，府内却是灯火寥寥，阴森森的。只是大多数人不知道，这刘府有上下两层。地上是宅院，这地下却是地牢与密室。此时正值秋中雨季，白日里下过一场小雨，水汽浸入地下，到了夜里，这地牢石壁都渗出寒气，借着火把闪着幽幽的磷光。

“滴”的一声，水滴落进周不凡领角，周不凡不自觉地打了个寒战，本来就觉得这地牢阴森，偏偏又赶上这雨季，水汽混着寒意，周不凡赶紧把衣服裹得再紧一点。冻死在这岂不是冤到家了。只是关了半日，米水未进，饥寒交迫，门口有守卫把着，自己也出不去，可这半日刘公公也没来找他。总是不能坐以待毙吧。算命的师父教过，绝境不可顺，那干脆自己也别坐着了，走动起来也能暖和暖和。

周不凡关进来也没有什么枷锁限制，守卫们看他弱不禁风的样子也懒得呵斥他，随着他去好了。周不凡点头一面冲打手笑笑，一面在地牢里来回转圈张望。这地牢几面都是石壁，一面挂着形形色色的刑具，光是刀具，不重样的就有十二把，正对的是一张木桌，几条木头板凳。再往里是一间牢房，牢房铺着厚厚的稻草，里面灯火昏暗，周不凡刚想走近看清楚一点，就听地牢门口有动静，似乎是刘公公回来了。周不凡赶紧赶了过去。

只见刘公公此时已经换了便服，身后跟了几个随从。见了周不凡向身后使了个眼色，手下随心直接把周不凡押到了自己面前。

周不凡知道挣扎也是枉然，倒不如随他们摆弄，自己也能省下些力气。

刘公公坐下，一手摸着自己宝贝的景泰蓝护甲，另一手向周不凡后颈一抹，便把封住哑穴的银针取了出来。身旁的小太监赶忙从怀中取出一份状纸，刘公公瞥了一眼，便丢到周不凡眼前道："画押吧。"

周不凡接过状纸看了一眼，赶紧丢开，一目十行，状纸写的是他承认自己受诸葛大人密令于吮香楼刺杀皇帝。这要是画了，他与诸葛府上下几百口人都难逃死罪，可若不画，眼前这个阉贼也不会放过自己。杀了自己然后按个手印，其实也是方便得很。当下心一横说道："刘公公，小人只是个粗使的杂役，大字鬼也半个不认，这状纸小人看不懂。"

刘公公已经有些不耐烦起来，"哪来这么多废话，让你画押你就画押，画押后我自然放了你，不画？哼！"刘公公冷笑一声，看了看一旁的刑架。"我看你还是画了吧，省的皮肉之苦，要知道，死人也可以画押的。"

周不凡听来，似乎刘公公没有要杀他的意思，果然如此，这阉贼留他是要再做文章，毕竟对方是诸葛大人，根基深厚，留自己一个活口在手，总是比一具死尸和根本子虚乌有的"供词"来的更有价值。看来这阉贼跟诸葛大人早就势不两立，必除之后快。可眼下自己这处境，若是顺从，便是害了诸葛府上下，事成后，阉贼也会将他灭口。若是不顺，这阉贼认定自己是个忠仆，那自己的利用价值就没有了，现在就会杀了他，然后伪造供词，即便不能真的除掉诸葛府，那也能伤掉诸葛府三分元气，日后处处压制，想那诸葛明也是不得翻身，再看这阉贼的面相，绝不是善茬。两条都是死路，如何选择是好？

突然周不凡想到当年算命师父教过自己，凡是没得选，即是有得选，所谓生门即是死门，两门不入，静待变化，可保太平。

那便只有一个办法了“拖”。

周不凡也不答应，也不反对，又把状纸接过来，看一眼再看一眼，犹豫不决，与刘公公扯起皮来，刘公公也是没想到这小子都到这性命攸关的时候还敢磨叽，正待发作。手下突然来报：“魏公公来访！”

刘公公脸色一僵，眼下宫中东厂与西厂刚刚合并，正以自己最尊，当年皇帝身边有四名秉笔太监，也被他明里暗里除掉三个后皆换成自己的人手，却只剩这个魏公公侥幸活了下来，此人性格内敛，虽然不曾与自己为敌，但也从未有归顺之意，几次三番想除掉，但这个魏公公就像鬼魅一般，捏不碎，揉不烂，抓不住也看不透，处处置身事外。眼下这个节骨眼突然来访，而且这还是魏公公第一次来访，大意不得。

刘公公瞥了周不凡一眼，这块蘑菇可真是能磨，眼下只好把他困在这地牢里，料他也翻不出天来。罢了，凡事急功近利也容易引火烧身，当下行刺一事皇帝圣心裁断，对诸葛匹夫已经有了戒心，不急在这一时。“那好，我便给你些时间考虑。只是别让我等太久，否则，帮咱们画押的就是个死人了。”回头吩咐地牢的守卫：“把他关起来，好吃好喝地养着。”

守卫迟疑了一下，“公公，牢内还关着一位呢？”

刘公公突然想起来了，“那又怎样，就把他们关在一起，吴老头这么些年了，就赏他个伴儿好了。”

说罢便起身匆匆地走了。

眼见刘公公走了，守卫把周不凡一脚踢进了牢房。几个人就出去到门口喝酒赌钱了。

周不凡听得牢内还有一个吴老头，环顾四周，除了墙角一堆早已酸臭的茅草哪有半个人的影子。等等，这茅草……哎呀！这茅草里果然藏了个人。

此人躺在里面，身下垫着，身上盖着，不仔细看还真看不出这里还有个人。想必这就是吴老头了吧。看他此时正舒舒服服地躺在里面，睡得香甜。借着火把，周不凡仔细看去，吴老头一身破破烂烂，裸露的皮肤有的地方已经溃烂，背后有好几处伤疤。光着脚，披头散发，看面貌估计已有花甲。

周不凡不敢靠得太近，远远站着，咳嗽了一声，轻声道："前辈？"吴老头没有理会，继续睡他的觉。

周不凡又唤了一声"前辈？"这次声音大了半分。

吴老头似是听见了，转头睡眼惺忪地瞅了他一眼，随手抓了一把茅草丢了过去，道："前辈前辈，烦死了，喏，给你，去一边睡去，别来吵我做皇帝。"

做皇帝？多半是关久了神志不清吧。周不凡见这吴老头也没啥恶意，当下便也放心了。万一是个武疯子或是狂徒怎么办，不过看这吴老头懒得搭理他，多半也不会把他怎样。抱了一把茅草铺到墙角坐在那打算起来。拖得了一时，拖不了一世。现在有了时间，更不能坐以待毙，是要赶紧想个脱身的法子才好。师父曾经跟他说过，他与诸葛府明相克，暗相生。如今相克已经应验，本来想着老头不过是个算命骗子糊弄他罢了，没想到还真的灵验了。既然暗相生，那只要他不死，诸葛府就不会倒，诸葛府好端端的，那他就还有活命的机会。

只是眼下，自己凶多吉少，再看地牢四周，都是石壁，连个窗户都没有，里面与世隔绝，昼夜更替都无法察觉，就凭从诸葛珠珠那学来的三脚猫功夫，想出去，比登天还要难。

罢了，既来之则安之，凡是有时间，就会有转机。于是，周不凡定了定心神，自怀里掏出几个铜板，干脆给自己算上一卦，定定吉凶福祸，看看可还有什么转机。

周不凡从算命师父那学来的本事，天天靠着这点子算命功夫坑蒙拐骗，竟没想到有一天终于要用到自己身上，算了几遍，都是废卦，不是缺了点数，就是错了方位。平常都是他问别人，如今变成了他问自己，真真是别扭。罢了，干脆用最笨的法子吧，一边背师父教给自己的口诀，一边慢慢地演算。

“灯点两头生死门，一朝天子一朝臣。五方金银搬财鬼，一路黄泉不由人。死门档口登天梯，生门前头有瘟神。你若向前必留心，莫要地府拜鬼神。落入黄崖无底洞，切记绝处多贵人。无根笑脸不能信，定要无情命可存。该舍则舍莫迟疑，从来好人立孤坟。三寸气在千般使，八字铜钱定乾坤！”

周不凡背算得专心致志，不知道自己背后，吴老头听了他的口诀，已经慢慢地爬起，双眼死死地盯着他的后背，一点点向他爬了过来。

周不凡又算了三遍，第一次算能否逃出生天，卦象是贵人相助，周不凡再问贵人何处，卦象说贵人又将是他的凶神，周不凡再算，卦象又变成了险象环生，但生门下压着的却又是死门。当真是头大，三个连起来，更是晦涩难懂，一会有人助，一会有人害，一会救他的要杀他，一会杀他的又要救他，先死后生。这都是什么玩意儿。正是郁闷不解时，刚要回头，正对上一张满目疮痍的老脸。吓得周不凡怪叫一声，赶紧跳开。

原来是吴老头醒了，爬到他身后看他算卦，看的出神。周不凡突然回头看到他那脸，吓了一跳，头发都立起来了，跳到一边不停地摸着胸口顺气。看这周不凡被吓得魂不附体的模样也觉得好笑起来"小娃娃，你这算命的口诀是跟谁学来的啊？"

周不凡惊魂未定，顺了口气道："我师父姓孙，人称孙半仙。"

吴老头听了便开心起来，"果真是孙先生的弟子，这下就对了，对了。"边说边从身上摸出一块铜牌："后生小子，这个你可要收好了。我可是交给你了。"周不凡一头雾水接过铜牌，麻将大小，借着火光依稀能看到正面刻了一只麒麟，背面刻着一只虎头。"前辈认得我师父？这是什么？"

吴老头盯着周不凡："我当然认得你师父，当年若不是他神机妙算，我早成了那昏君的刀下亡魂。你那师父可是厉害得很呐，他曾告诉我，有朝一日他的弟子会来找我，让我把此物借给他。此物是我手信，认得的人不多，你拿着它，去京城西市胡人的地盘找一家卖羊肉汤面的馆子，给掌柜看了，他自会帮你。”

师父竟已经算到自己会被刘公公囚禁？周不凡吃惊之余赶紧追问：“那请问前辈，我师父现在何处？”

吴老头背过身去，一面收拾地上的茅草一面回道：“你师父啊，他不让我告诉你，只说你只要出去，解了那狗奴才之难，自然会见到他。”

周不凡发愁道：“前辈，这铜牌给了我，我也出不去啊。这地牢如铁桶一般，我也没有脱身之法。”

吴老头笑着用破烂的衣袖抹去地上最后一层茅草，“后生啊，我早给你备下了。你且来看。”

周不凡走近，只看到吴老头拨开茅草，露出岩石的地面，吴老头往岩缝旁手一拨，就见那块石头沉了下去，露出一个两尺见方的地道。“怎么样，这下你可脱身了。”

周不凡大喜，但转念一想，“前辈既然早就知道有这地道，为何不赶紧脱身啊。”

“我在等你啊，另外我也不想出去，外面想杀我的人可是比这牢里的人多多啦。反倒是这地牢安全得很，有吃有喝，你一个人去吧。”

“可我走了，刘公公发现了地道一定会为难你的。前辈还是和我一起走吧。”

吴老头笑了笑，“放心吧，那狗奴才不敢杀我，这地道还有一道机关，你钻进去，走到一半时会看到一根枕木，把它扳下，半个时辰后，地道就会坍塌，任是谁有万夫之力也难打开，而且不经指点谁也看不出来。”说罢，伸手向周不凡一拽，周不凡下意识挣扎，但这吴老头虽然看上去弱不禁风，力气却是大得出奇，直接将他推入了地道。

前面一片漆黑，身后洞门也被关闭，只听那吴老头小声传来一句：“后生记得了，老头姓吴，铜牌一定要好生保管，有缘你我自会再见面，快去吧。”

另一头的诸葛府，诸葛珠珠在内院焦急地踱着步子，不一会就见一个侍卫急匆匆地跑了过来。珠珠赶忙问道：“怎么样？找到没有？”侍卫摇摇头，叹了口气：“属下无能，整个京城属下都找遍了，都没有看到周不凡的踪迹。”珠珠原本抱着一丝希望，听侍卫说完，眼神立马黯淡下来。自打那日周不凡回家后就再没回来，珠珠放心不下派人去他家中探望，谁知周不凡家门大开，房中空无一人。珠珠当时就觉得不妙，赶忙派了人满城去找。若不是诸葛明拘着她，只怕珠珠是要把整个京城翻个个儿。

心中如被猫抓乱的麻线球，也不知该从何处下手。只好吩咐了一句：“如果周大娘问起周不凡去哪了？你们就说周不凡被我派出去办事了，千万不要说漏了嘴。”侍卫点点头，转身退了下去。珠珠叹了口气，“不凡，你到底遇到了什么事？”回身进了自己房间，关上门，跪在一幅画前。画上是一名衣饰素雅的女子，面容柔和，慈祥地微笑着。“母亲，您在天之灵一定要保佑不凡化险为夷。”

第三章

前朝回忆话当年

胡人施毒藏隐情

周不凡进了地道，伸手不见五指，摸着石壁一边找着枕木，一边一点点向前摸索，约两个时辰后，终于摸到一块枕木嵌在一根支撑地道的木桩上，周不凡用力一扳，只听身后传来细微的碎石滚落声，看起来机关已经启动，要赶紧从地道逃走才行，迈开了步子向前奔去。

地道坍塌的声音越来越近，周不凡眼看前方似有亮光，心中大喜，加快了步伐，眼见出口就在前方，用力一跃。本以为将要逃出升天的周不凡只觉脚下一空，心口向上猛提一把，“扑通！”这出口居然开在一口井的井壁上，周不凡一跃而出，直直跌进了井底。

周不凡在水里稳住气息，探头向上望去，少说也有四五米深，正犹豫如何从这井底脱身，就觉得这井口似乎有什么东西荡了下来。躲避不及直直地砸在他头上，吃痛“哎哟”一声还没完，竟听见井上有个嘶哑的声音：“抓好了，我拉你上来。”

周不凡揉了揉脑袋，再看了看四周，原来上面那人丢下来的是取水的木桶，周不凡赶忙把木桶抱住，拉了拉绳索，上面那人转动绞车这才把周不凡从井内拉了出来。

那人看起来四十岁左右，一身布衣，但气度却富贵非常，背后背着一副弓箭和棉衣。见周不凡站稳了，赶忙取下棉衣给他披上，周不凡一夜未眠，早已筋疲力尽，加上地牢湿冷，刚才又被寒入骨髓的井水一激，现在突然身上一暖，心头一松，只觉得两眼发黑，身子发软，眼看便要倒下。

那人赶紧扶住轻声道：“贤侄挺住，我这就扶你去休息。”

周不凡昏昏沉沉中，只记得自己被带进了一间很暖和的屋子，被人换了干净的衣裳睡下发了一夜的汗，醒来的时候，拉他出井的人就坐在床头，那人见周不凡醒了，赶紧让下人端来一碗热粥，扶着周不凡坐起用嘶哑的声音说道：“贤侄莫怕。我是孙先生故交，姓李名进忠，三年前孙先生给我留了一卦，让我在此等你解卦。”

周不凡吃了些粥，有了些力气，摸了摸身上，吴老头交给他的铜牌不见了！“李先生，请问我贴身携带铜牌去哪里了？”

“莫慌莫慌，贤侄的随身衣物都在这。”李进忠转身拿出个包袱递来，周不凡摸了摸。好险，铜牌还在。

李进忠见周不凡放心了，掏出一张木牌递至周不凡眼前，言道：“孙先生三年前给我卜了一卦，我问一事是否可成，孙先生说此卦只有他的弟子能解，也只有他的弟子才能助我成事。让我买了这宅院，派人日夜守着院后的水井，等着他的弟子。”

周不凡接过木牌，木牌上方刻了五卦，下方刻了一条蛟龙，只是蛟龙只存有上半身，下半身连木牌都被砍断了。他小时候在孙半仙那里的确见过这个东西。这哪是什么信物，只是孙半仙教他下的斗兽棋的棋子，这是龙棋的一枚罢了。

“这还真是我师父的物件，李先生所求何事？”

李进忠望着炉火，“贤侄你有没有听说过如今皇帝是如何登上皇位的？”

这个周不凡倒是听珠珠说起过，“据闻先皇病重，临终前传位给如今的皇上，就是如此啊？”

李进忠摇摇头，叹了口气：“那你可听说过魏王与琳王？”

魏王琳王？从未听说过朝中有这两位王爷，只知道皇帝唯一的姐姐就是珠珠的母亲，其他的皇子未成年所以并没有封王，倒是皇帝还有一个弟弟远在西疆封为瑜西王。周不凡摇摇头，“从未听过。”

李进忠端起茶盏呷了一口，沙哑的嗓子说起了一桩旧事。先皇有三位皇子，皇长子昏庸无能。而他本是琳王的门客，琳王当年春秋鼎盛，战功赫赫，但不善权斗。还有一位是魏王，此人阴险狡诈，结党营私。他们相斗多年，早已不可共存。十年前，外传先皇突然病重，魏王勾结后宫控制了宫禁，并伪造了先皇的继位诏书。刘公公修信一封，秘密送至琳王府，琳王得知宫中变故，带兵攻城，血战三天三夜，靠刘公公内应，终于在兵尽前打进了宫城，颁下魏王三大死罪，当场绞杀。其实先帝并未病重，只是昏迷，醒来后见他们兄弟相争龙颜大怒，降旨琳王弑兄，废为庶人。琳王本以为胜券在握，谁知他与魏王相斗两败俱伤。而皇长子不费一兵一卒坐收渔翁之利，成了当今的皇上。皇长子登基后赦免了琳王一家老小，刘公公却背地里赶尽杀绝，琳王一家阖府上下非死即伤，如今京中只余他一人，他只得改名换姓重新在朝为官，徐图报仇大计。只求杀了当朝的厂卫都督刘公公，为府上无辜之人报仇。

周不凡叹了口气，跟李进忠讲了自己的遭遇。莫名其妙成了刺杀皇帝的刺客，此时刘公公只怕正要把整个京城翻过来找他。他一个小小的杂役怎么能敌得过如日中天的厂卫都督。拜刘公公所害赐，他如今是自身都难保。

李进忠笑了笑，“刺杀皇帝一事，真相如何，只怕除了刘公公，只有我最清楚是怎么回事了，我这就把所知的告诉你。贤侄是孙先生高徒，神机妙算，定能化险为夷，何须多虑。”

李进忠搓了搓手心，探身从旁取出个手炉捧着，“拜刘公公当年酷刑所赐，如今入了秋这身子就不中用了。唉……皇帝出宫那日我曾经得到密报，刘公公数年前曾经抄了白城御史的家，以行巫蛊之事乱政的罪名杀了他们全家，回城时身边多了一个幼女，密养于刘府，从小修习媚术，一个月前突然被送进了吮香楼，于是，当我接到皇帝出宫前往吮香楼的消息，立即带了弓箭手埋伏于吮香楼附近，又暗中派人给诸葛大人传了信。入夜后，皇上果然来了，那女子将皇帝带进卧房正欲下手，我们将其一箭击毙，孰料突然又从床下翻出另一刺客，慌乱中虽未能将他射死，但皇帝挣扎时打掉了他的面罩，被我们的人看清了长相。”

说到此处，李进忠看了周不凡一眼，叹了口气道：“那刺客据说与你的长相几乎一模一样。”

周不凡赶忙追问：“那，那人去哪了？他是什么人？”

李进忠突然笑了两声，“贤侄莫急，听我说完，”伸手取了火杵捅了捅炉火，炉火旺起来，屋里暖了些，也亮了些。忽明忽暗的火光映着李进忠的脸，“当时场面混乱，他们二人从房门冲进大厅，方才发现似乎还有刘公公安插的刺客埋伏，我们为护驾只得万箭齐发。所幸诸葛大人及时赶到，皇上这才有惊无险。只是那个和你长相一模一样的刺客也趁乱逃走了，这些天我一直暗中追查他的下落，直到昨天，皇帝突然发怒免了诸葛明步兵统领衙门与京兆尹之位，京城的护卫失去了布控，此人便立即抓住机会逃出城去了，他一路往南，我的人跟到马头山地界，此人才落了脚。他就是那马头山山寨里的大王，马天。马天早前便认了刘公公做了干爹，这些年他们朝里朝外彼此支撑勾结，刘公公不便去杀的人，马天去杀，马天办不了的事，刘公公去办。他们串通一气，马天在江湖上滥杀无辜，刘公公则在朝中作威作福。”

周不凡听到此处不由得问了一句：“前辈既然如此透彻皇上遇刺的始末，为什么不抓着这个把柄好好将那阉贼收拾了。”

“贤侄，你不在朝不知这朝中的难处，我如今自身难保，这些年一直暗中搜集刘公公的罪证，但以我的力量根本动不了他，倘若露出蛛丝马迹叫他察觉，随时便有灭顶之灾。”李进忠苦笑，“现在的我，想要帮你亦是有心无力。”

突然，周不凡想起地牢里吴老头曾经告诉他，拿着铜牌去西市的羊肉馆子，自会有人来帮他。“我这或许还有些办法，只是要劳烦前辈安排，明日我需去见个人。”

李进忠以为周不凡要去见诸葛明，赶紧拦下来说：“万万不可，贤侄，那诸葛府现在到处是刘公公的眼线，去不得啊。”

“我要去的并非诸葛府，劳烦前辈明天带我去西市，那里有人会帮我们。另外还要请前辈派人帮我准备些东西。”

而另一边的刘府，刘公公正抱着两只巴掌大的乌龟，头对头放在桌子上，中间放了一块鸡肉，乌龟闻到肉香伸出头来争抢，刘公公正饶有兴趣地看着。一个小太监慌慌张张地进来跪在地上，不停颤抖着说：“奴才找遍了京城上下，还是没能把周不凡揪出来。”

刘公公也不看他，依旧盯着那两只脖子互相拉扯的乌龟，“找不到就找不到吧，咱们还真是看轻了这小子，好在皇上已经免了诸葛明的兵权，至于那个小兔崽子。”刘公公伸出护甲，在乌龟的脖子上一划，顿时皮开肉绽，血迅速流到在红木桌面上，腻腻地反着光。刘公公看着两只将死的龟还在争抢，脖子彼此拉扯，伤口也越来越大，“不用费工夫了，反正他也活不了几天。哎哟快看，咱们小宝贝儿哦！”一只乌龟终于扯断了自己的脖子，另一只也是奄奄一息，抽搐着已经断了一半的脖子，试图把脖子再缩回龟壳，但抽搐几下就再也动弹不得。桌面上满是鲜血，映着刘公公白脸的狞笑。

京城，西市。李进忠将周不凡打扮成一个胡人的模样带了进来。西市是外族人聚集的地方，什么人都有，尤以胡人最多，胡人爱吃羊肉，这儿的羊肉馆子那可真是鳞次栉比密不胜数，要找起来也确实费力。

没法子，只得一家家地碰运气，走到一家就把掌柜叫出来亮出铜牌给看一眼，若不认得就换下一家，就这样一家家地进一家家地出，直到进了一家特别的面馆，才有了收获。

这家面馆不大，但后面有个院子。而面馆门口正对着个药摊，药摊老板不在，只摊旁立了面旗子上书“妙手回春”四字。另一边是个茶水摊，老板是个女的，一身红色麻布衣服，也是胡人打扮，罩着脸，只露了一双眼睛，周不凡刚想多看几眼就听她与客人吵起来，“什么茶水淡不淡的，老娘这摊子就这味儿，京城独一份，爱喝喝，不喝滚，要浓回家嚼茶叶棍去！”周不凡笑了笑，眼睛这么好看，怎生是个泼妇，摇摇头同李进忠进了面馆。

面馆内十分干净，几张木头桌子并板凳。此刻不是吃饭的时辰，也没什么人，貌似是掌柜的年轻小伙儿在那看书。看侧脸连二十岁都够呛，白白嫩嫩的。这家也可能性不大吧，李进忠摇摇头。周不凡轻咳两声。掌柜的小伙也不抬头，“两位客官想吃点什么，我们这只有羊肉面，厨子不在可能要等会，要是不嫌弃，请坐那儿等。”这个绕啊，好端端抑扬顿挫一句话说的稀碎。周不凡也摇了摇头，但还是拿了铜牌给在掌柜低头看的书上扫了一下。掌柜小伙猛然抬起头来，盯着周不凡手里的铜牌又看，大惊失色道：“哎呀，哎呀呀，这可怎么办，这可怎么办啊！”说罢就探头朝门外喊：“师姐，师姐！您快来啊！”

就听外面喊：“咋呼啥，有人闹事啊，谁这么想死我瞅瞅。”说罢就进来一人，正是门口卖茶水的母夜叉。那女人进来瞧了周不凡和李进忠一眼，“咋，闹事啊，不想死就滚，想吃面就给老娘老老实实坐那等！”

周不凡掏出牌子给那女人看了一眼。卖茶水的女人就愣了，此时小伙子过来解围，“那啥，我不是这家店掌柜，我就是门口卖药的，掌柜的出门办点事让我帮忙看店，他一会就回来。”

周不凡又晃了晃铜牌：“你们认得这牌子？”

那女人回过神，赶忙说：“不认识，我们不认识这玩意儿。”

周不凡和李进忠对视一眼，就要坐下，等掌柜的回来再说。

那女人见这两人没有要走的意思，走到两人跟前，“二位爷，你们是掌柜的朋友吧，在这苦等不如到我摊子上喝点水，打赏几个茶钱。”边说边解下脸上的围巾，露出脸来，周不凡一愣，好美的女人，不是江南女子的娇小俏丽，也不是异域女人的妩媚艳俗，典型的北方姑娘，眼角眉梢俱是风情。见二人没有反应，那美人又朝他们抛了个媚眼，李进忠不为所动，周不凡心思一动，在门口等也是一样，起身就要跟着美人出去。见状那小伙子喊了一声，“师姐！”，那女人回头瞪了一眼，他也只好乖乖闭嘴叹了口气。

李进忠感觉不妙就跟了出去，就见周不凡端着那女子递过来的茶碗就要喝。李进忠几个大步赶过去伸手就将茶碗打落，“有毒！”周不凡如梦初醒，方才只觉得这个女人极美，就跟着她出来了，她递了碗水让自己喝，不疑有他端起便喝。幸好李进忠及时打落，周不凡这才清醒过来，这女人莫不是使了媚术。

那女子见事情败露，索性撕破脸，抽出一排毒针伸手就要朝他们二人射去。刚要动手，就听远处一声马鸣，叹了口气：“还是迟了一步。”

周不凡回头望去，见一人骑着高头大马朝这里来了，下马走近后这才看清：二十七八岁的年龄，好一条西北汉子，人高马大，浓眉大眼，跟胡人一样留着络腮胡子，一脸正气，脸上刻了两个字“可靠”一般，声音洪亮，与其说是面馆掌柜倒不如说是个行走江湖的大侠。“妹子咋啦，又打架啊。”那人一边下马，一边给周不凡赔不是，“小兄弟，不好意思啊，我妹子脾气大，但绝非坏人，我是面馆的掌柜，不打不相识，走，咱进屋喝两杯，算我给你赔不是了，成不。”说罢，拍着周不凡肩就往屋里迎，甫一进屋，周不凡想起了正事，掏出那枚铜牌给掌柜看了，掌柜一眼瞥过，脸色凝重起来，“小兄弟，这是谁给你的？”

周不凡见找对了人，也不含糊，“吴老头。”

掌柜的双手递还铜牌，单膝跪地，“属下二平，听候差遣。”

这时卖茶女和卖药的小伙子也进来了，见二平跪着，神色悲伤起来。周不凡不解。就见二平站起身，脸上一改先时豪爽，反增防备：“大人请随我来，这里说话不方便。”躬身领着几人到了后院。

后院有个放木柴的架子，二平走到架前钤动机关，架后出现一道通往地下的密道，二平做了个请的手势，带着几个人下了密道。走了好久眼前突然空阔，好像座大仓库一般，二平点亮火把。周不凡和李进忠都被眼前的景象惊呆了，面前是一排排盔甲、兵器，足有几百套。

仓库中央有桌子椅子，二平示意他们坐下说话。几人坐定，二平向两人介绍卖茶女和卖药小伙子，“属下江湖诨号两面佛，人脉尚广，需要人手或者打探消息的事尽管吩咐就好。这是孟红，诨号孟婆汤，最擅用毒。这是梁明，诨号鬼华佗，是孟红的师弟，也会用毒，但更擅治病。他们二人拳脚不错，虽不受虎符辖制，但多少买属下的面子……”话没说完就看得周不凡脸色不对起来，映着火光反而寒气逼人。“孟红！”“不是老娘干的，跟老娘没关系！”

好似被一滴很冰的水滴在了后颈，瞬间那冰凉就沿着血管从后颈处蔓遍全身，周不凡两眼一黑晕过去了。

几人赶忙围了过来，就看周不凡脸有黑气，明显是中毒了。李进忠眼疾手快，趁孟红分心，从身后取出一物就朝她后背打去，没待众人反应，那物就像章鱼一样把孟红缠裹住了。

几番挣扎，孟红都没能把背后的东西取下，孟红立马慌了神向二平与梁明求助。二平赶紧过来劝架。再一看孟红后背的东西，大惊失色：“穿心锁？”

穿心锁是前朝的刑具，一旦将人捆住，就会以极慢的速度收紧，开头四五天并不影响日常行动，但之后收紧的速度会越来越快，最后会在一旬不到的时间里活活把人夹死。过程极为残忍，而且一旦戴上，除了一把对应钥匙外根本无法解开，如果强行切断，穿心锁就会猛地收紧，瞬间将人夹死。这前朝的玩意儿据信早已失传，这李进忠到底是何人，为何会有这样奇罕的物件？

李进忠冷笑两声：“算你有点见识，不想她变成一摊烂肉就让她赶紧解毒。”

孟红一脸愤怒，“都说了，不是老娘下的毒，老娘刚才下的只是蒙汗药，你也看见这小子根本没喝到。”

梁明反而冷静下来，走到周不凡面前诊起脉来。片刻后对几人道：“别吵了，他中的是水银毒，这种毒我们可买不起。”回头又对李进忠道：“这毒真不是我们下的，你若不信我们也没有办法，只是眼下能解此毒的只有我师姐，这里解毒不便，我们还是先出去吧。”

李进忠点点头，在地下其实于己不利，毕竟对方有三个人在。于是提出带着他们几人去自己府上，要在他的地盘再让孟红给周不凡解毒。

二平三人互相看了几眼，眼下这情况，只能听他的了。

第四章

梦回往昔难忘前世
醒后当下推算今生

昏睡中周不凡又忆起了他从小做的一个“噩梦”。

那年他还小，别人家的小孩已经到了上学的年纪，他呢，只有一个疯疯癫癫的母亲。好在左邻右舍的街坊心善，他们娘俩吃百家饭，穿百家衣，勉强活了下来。每天下午，胡同口的算命摊子便支了起来，那人骨瘦嶙峋，一手立了个破布口袋改的招牌旗，正面用锅底灰写“长命短命命不由人”，反面是隔壁李秀才用笔写了个大大的“孙半仙”。他穿个土灰色的道袍，一撮小胡子扎了起来还串了颗木头珠子，路过个行人就逮住喝一声“哎哟！这位爷，您这是要去谈生意，赏脸让在下给您来上一卦，沾沾您的运气，包您财运亨通呐！”“哎哟，这位姑娘，您这是要去投奔亲友吧，来来来，此去凶吉未知，让我孙半仙给您算算，帮您驱灾避难。”“您等等！这位后生，您家刚死了人吧，此人有莫大的冤屈，你快快坐下，本半仙来给您讲讲。这可马虎不得啊。”说来也神奇，十次九中，大家都乖乖地坐下听那算命先生掰扯。每天仨瓜俩枣的也还凑合。周不凡当时人不大，但从小就透着那么点儿机灵劲儿，见这孙半仙有肉吃，总是很有眼色去搭把手，擦下椅子，帮忙递个纸笔，或者帮着吆喝两声，或者帮着应承一下。“这位大姐，面色不好啊。”他就在旁边说“是啊，真的不好。”还很配合的一起摇摇头叹口气。

那孙半仙见这孩子有眼力见儿，又聪明，收了摊总会分个把铜板给他，有时一天能有几吊钱，但就给四五个铜板，有时一天就那么十几个铜板，孙半仙给他一大半。收成多，给的少，收成少，给的多。但周不凡都是乐呵呵接着，第二天照样一早就等在胡同口，远远瞅见那身土灰色的道袍了，就赶紧笑眯眯地跑过去帮着扛旗，拿东西什么的。时日长了，孙半仙摸透了这小子的秉性，动了恻隐之心，每日闲暇时教起周不凡认字，看人，偶尔还下个斗兽棋。孙半仙自有绝技傍身，任何人打他面前一过，干什么的，打哪来，干吗去，心里想啥，门儿清。孙半仙告诉周不凡，你要知道别人想啥，想要啥，想干啥，怎么干，你都要比他提前一步想出来，这比那些个咬文嚼字，舞刀弄枪，经商做买卖本事的都强了去了。

恍惚间又来到那个夏末。那时他还小，依稀记得是夏末。周不凡一早起来给他娘收拾好，吃了早饭就在胡同口巴巴等着，一般孙半仙都是午时之前出现，赶着这会子热闹行人多，好开张。可今天不知怎么的，已经等到申时三刻了还是不见人。虽是夏末，可这京城里的燥热就跟赶不走的耗子一样，丝毫没有凉下来的意思。周不凡等得烦了，等了这么多个时辰早已口干舌燥，衣裳黏糊糊地贴在身上，眼看着快到傍晚，孙半仙还是没有出现，难不成是病了么？这可不行，还是去瞧瞧吧。于是回家喝了几口凉水，又取了几个铜板跟邻居大娘换了几个鸡蛋小心翼翼地揣着，往孙半仙住处去了。

太阳已经西垂，黄泥巴垒的土墙在地上拉出长长的影子。不远处就是孙半仙的家，这个时候虽是白天，但是天气的缘故大家要么在外打活，要么就只是在家睡觉，所以安静得很。周不凡远远地站着，突然觉得心头似乎被向下拽了一把，沉甸甸的。他也说不上来哪里不对，但又总觉得哪里都不对，孙半仙家来的不是一次两次了，可今日里却觉得这么陌生。这时从冰库取冰的车队正好路过，周不凡被从车上飘下的寒气一激，虽是大热天但还是打了个哆嗦。

周不凡捧着那几个鸡蛋走到土院子门前，大声叫了几声“孙！”本来想大声呼喊把这压抑的气氛冲一冲，谁知刚出嗓子一个字，反倒把自己吓了一个激灵，后来的几个字声音不自觉就越来越小了。“孙半仙，你在么？”等了一会不见回应又喊了一嗓子，但都如泥牛入海，不见丝毫回应，反而更安静，更压抑了。周不凡转身正要离开，一阵小风从背后吹过，就听长长“吱”的一声，周不凡回头看去，院子里小房的木门开了一道缝。周不凡又退了回去，推了下木栅，竟没有上锁，开了。走到院子里，此时整座小房都在隔壁家砖房的阴影里，而他所站的地方还是能照得见一些阳光。周不凡一点点朝小房走去，慢慢走进了阴影，不知道是不是离开了阳光走到了影子里，身上不自觉的发起凉来。一阵阵的腥味透过眼前的门缝飘进了周不凡的鼻子，那味道像是铁锈的咸味混合一丝腥甜，刺激着周不凡的鼻腔，他从未闻过这种气味，却又觉得似曾相识。那味道走得越近越是浓烈，走到门口，望着虚掩着的高大木门，想推开，又不敢，于是又怯生生地唤了一声：“孙，孙半仙在么？”因为害怕，声音都发起抖来，本想给自己壮胆，谁知这又弱又抖的孩童声音在此时此刻变得更加恐怖起来。

周不凡一害怕，伸手就朝那门推去，谁知门一推开后，腥味扑面而来，孩童的惨叫拔地而起，惊飞老远黄昏树上的几只麻雀。

周不凡被眼前景象直接吓得一口气卡在喉头。

映入眼帘的是一个正对门口坐着的人，上半身赤裸裸的，被扒去了面皮，脸上血肉模糊，没了面皮，自然也没有眼皮和嘴唇，两只眼球直愣愣地瞪着门口，一口牙齿也全都露在外面。周不凡当时不过半大小子，哪里见过如此恐怖的场景，当下就被吓晕过去了。

周不凡只觉两眼一黑，就什么都不知道了，接着又觉得有人拍他的脸，愣怔了半晌发现自己趴在胡同口的石鼓上，拍醒他的正是孙半仙，孙半仙笑着轻轻拍他的脸，“喂，小子，瞎叫唤什么，做噩梦了么？”又伸手往周不凡领子一探，另一只手搭了搭周不凡的手脉。“好家伙，你是中暑了啊，你看我这一手的汗，来来来我正好买了些黄酒，赶紧喝两口吧。”说罢，从腰间解下个酒瓶，递给周不凡，周不凡喝了几口，身上一暖，轻了一些，辛辣的酒味顺着喉头向上打至周不凡脑门，顿时就清醒了几分。

噩梦？周不凡抹了抹胸口，鸡蛋不见了，变成了他从家里拿出来的几枚铜钱，难道真的是他喝了几口凉水就出门，被外面热气一激，中暑晕过去了，做噩梦了么？这时孙半仙把周不凡从石鼓上抱了下来，笑吟吟地问：“小子，你梦到啥了，跟本半仙讲讲呗。让我给你算上一算。”

“我，我梦到……”周不凡看着孙半仙靠近自己的那张笑着的脸，不知怎地一股寒气又从脚底冒了上来，就像一只冰凉的手一点点顺着他的脊梁骨在往上爬。赶紧又喝了几口黄酒压了一压。“我梦到一只红色的老虎龇着牙，要吃了我。”不知为何周不凡不敢告诉孙半仙他梦到的是在对方家里看到一张没有脸皮的人脸，本能的改口说是一只红色老虎。

听周不凡说梦到的是老虎，孙半仙又笑着掐指算了一算，说道：“哎呀，小子这是吉梦啊，将来你要发财的啊。”说罢，又把周不凡抱了起来，“到时候周不凡发了大财，会不会忘了我孙半仙啊。”周不凡愣愣地摇摇头。

见周不凡还算挺有良心，孙半仙更开心了，“本半仙今日去京郊给一大户人家祖坟看风水，收获颇丰啊，回来时看到家新开的酒楼，挺不错的，想着回来叫你一起去吃。谁知刚到胡同口就看到你小子趴在石鼓上叫唤，还真吓了本半仙一跳呢？”说罢拉上周不凡的手，“既是噩梦就不要想了，走吧，跟本半仙去吃馆子去。”

那次是周不凡第一次去酒楼吃饭，第一次吃到烤鸭，第一次吃红烧鱼，还吃到了蜜饯驴打滚，第一次用完整的瓷碗吃到真正的白米饭。饭后孙半仙还打包了好几个菜让周不凡给他娘带回去，路上甚至给他买了一串日思夜想的糖葫芦。

也许那真是一个噩梦，孙半仙不过是想带着周不凡好好吃一顿，用食物的满足冲淡那个噩梦的恐惧，不曾想用力过猛，那一晚的美妙味道把那个噩梦深深钉进了周不凡的记忆里。时不时都会出现吓他一吓。

而且自打那夜过后，孙半仙突然大方起来，每天的收成竟全数都给了他，教周不凡也越发着急起来，似乎要赶时间，字还没有认全就教他算命，教了算命又教他怎么看人，教会了两遍如何看人，见周不凡背得差不多也不管他明白没明白，就又要教他下棋。就这样几个月后的一天，孙半仙教会周不凡斗兽棋中虎棋的走法后，说第二天要教会他龙棋，便着急地走了，周不凡至今还清晰地记得当时孙半仙的样子。

孙半仙摸着他的头，依然笑吟吟的。“小子啊，别小瞧了这斗兽棋，天下很多事都在这盘棋上可以演练，不管是演练兵法，还是玩弄权术，这盘棋都能派上用场，昨日这斗兽棋的基本走法已经教会你了，今天又教会了你虎棋的几种走法，你千万记牢，回去后多多练习，明天就要教你龙棋的走法了，你小子不要偷懒啊。”周不凡听了乖乖地点了点头，孙半仙笑了笑收了摊子。“本半仙过些时日要去做笔大买卖，这些家当回头就送你了吧，反正我这一身本领你小子也学了大半，将来靠算命也绝对饿不着你。”说罢，提着那些家伙什儿便走了。

周不凡目送他走远，发了会呆，脑子里想了想今天学的东西，消化得差不多了正要回家，下意识回头向孙半仙消失的街口看了一眼，就见孙半仙提着家当和什么朝他又跑了过来，原来孙半仙拿的是一串糖葫芦，笑眯眯地递到周不凡手里。“正好看见了，想起你小子就爱吃这不长肉的玩意儿。拿好了，本半仙走了啊。”说罢又提着家当要走，但又想起什么，从怀里摸出几个碎银子，递到周不凡怀里，“保管好了啊，记得千万别让别人瞅见，饿了就买东西，走远点花，知道么，不要让周围的人知道你身上有银子。早点回去睡吧，明天还要学棋呢。”见周不凡乖乖点了点头，这才原路一步三回头地走掉了。

周不凡揣着银子，第一次拿到现银，平时都是给铜板的。一边吃着糖葫芦一边往回走。只是第二天，周不凡起了一个大早，可怜巴巴地在胡同口等了好久都不见孙半仙的身影，直到又是傍晚了，周不凡想起那个噩梦来，又不敢去孙半仙家找他，直到天黑，只好摸了几个铜板买了几个高粱面馒头失落地回家了。

就这样周不凡等了十来天，都没见孙半仙出现过，直到一天早起周不凡再去胡同口的时候，就见孙半仙的那些算命家当已经摆在那里了。他兴奋地赶紧朝胡同口跑去，可是却只见这些家伙什儿却不见孙半仙的人影，又等了一天，直到入夜孙半仙都没有出现，周不凡忽地觉得他可能以后再也见不到孙半仙了，自己就像被抛弃了一样，心里空落落的难受，不由摔在孙半仙常坐的那只马扎上当街号啕大哭起来，哭累了，孙半仙还是没有出现，周不凡只好收了摊子，小小的身板一边小声抽泣着，一边拖着孙半仙留给他的算命家当回家了。

之后周不凡天天拖着那些东西在胡同口以给人算命谋生，小小的年纪也没什么生意，有时还会被人戏弄。好在他机灵，加上孙半仙留给他的那些钱，一点点都扛了过来。

昏睡中又想起了小时候的事，又做了那个噩梦，又梦到孙半仙那晚递给他糖葫芦的笑脸，虽然三年前孙半仙又回来了，还把他推进了诸葛府，后又不知所踪了，但不知怎么，周不凡每次梦到孙半仙，都是梦到他小时候教他算命认字看人下棋的那个孙半仙，后来再回来的那个孙半仙从未梦到过。

半梦半醒间，周不凡又想起了孙半仙当年传授给他的那半盘棋。龙虎相斗，他变成了老虎，对面云雾缭绕中若隐若现的飘荡着龙形，背后的退路已经崩塌，眼前只有无数的悬崖峭壁，走错一步身下便是万丈深渊。

就在他眼见就要跌落下去粉身碎骨时，后颈两侧针扎似的疼了起来，一个声音不停地呼喊着："喂喂喂，臭小子醒醒啦，别装死了，老娘费这么大劲你倒是动弹动弹，再不醒我可就不客气了啊。"

话音刚落，就觉得右脸颊便火辣辣地疼了起来。猛地睁开双眼，就看见孟红正抡圆了胳膊，掌风贴面"啪"的一声脆响，左脸颊又挨了一记。"别打了，别打了，我醒了。"

李进忠见周不凡醒了，赶忙上前询问，见确实是没什么大碍了。这才放心，撤了守卫，解了孟红的穿心锁。孟红揉了揉肩，狠狠地瞪了李进忠一眼，李进忠也不回避只是戒备着她。

二平赶紧打起了圆场："都是误会，误会，既然大家都是一伙的，就不要斗气了。"说罢，看了李进忠一眼："李前辈，周老弟刚醒，一定饿了，还麻烦您去准备些吃食来。"

周不凡看了二平一眼，"平大哥，我们这是在哪？"

二平答道："你在西市毒发，李先生误以为是孟红动了手脚，好在孟红与她师弟是毒中高手，已经替你解了，眼下我们正在李府。"

孟红没好气地插话道：“谁说解了，这小子中的是那阉贼的水银冰脑毒，哪有那么容易，我师弟封住了他的几处大穴，毒气暂未扩散，刚才我又用自己的毒气行了一次针，引出了七成，眼下还有三成在他体内，要想除尽至少还要一个多月，一旬行一次针，不能有闪失，否则啊，当场就见阎王。”

周不凡诧异自己是何时着的道，怎么竟是一点印象也无。

孟红指了指他的后颈，“你之前被人用针刺了哑穴，只是那针上带毒，乖乖我的阎罗老子，你到底什么来头，能享受这么金贵的毒药，水银冰脑毒毒性不是最厉害的，也不是最难解的，就是这制作金贵，一般都是皇……”

说到皇宫，孟红突然惊了一下：“你是宫里出来的！那你一定知道宫里的事了？！”

周不凡摇摇头，跟他们二人讲了自己的遭遇，自己如何被刘公公带走，又是如何被陷害，然后怎么认得吴老头，怎么逃出地牢一五一十地讲了。二人点了点头，总算知道了前因后果。

二平叹了口气，既然师父有过嘱咐，让他无论如何都要听从拿着虎符的人差遣，那眼下就只能如此了。周不凡好奇，问这虎符与二平他们的来历。二平低头摸了摸膝盖上的一块兵甲，缓缓说道起来。

二平是战乱时的孤儿。他还有一位师哥叫一彦。两人一直相依为命，兄弟感情也是极好。师父当年训练了一批打听消息的探子散步各地，而领头的就是他们二人。师父神龙见首不见尾，只是让他们不停搜集消息罢了。最后一次见面是几年前，师父交给他们二人每人一幅图样，二平拿到的虎符图样，一彦拿到是龙符图样，并逼他们二人发下毒誓日后遇到拿这两块铜牌的人就认其为主。事后师父就不见了，无论如何打探都不见踪迹。一年前，一彦突然很兴奋地告诉二平他遇到龙符的人了，那人要安排他去宫里当差，只是二平问及那人是谁他却怎么也不说。一彦入宫后数月就当上了侍卫统领，也就在此时，二平背地里安插进皇宫的探子全军覆没，从此与一彦失去了联系。只能偶尔在皇帝出宫巡游时，远远地站在人群里看上一眼，一身金甲战衣，手持宝刀威风赫赫的师哥。可就在一月前，二平突然就收到一彦在刑场要被砍头的消息，当他带人赶去时，一彦的人头已经高挂刑场。孟红与梁明则是师父好友崔神医的弟子，他们本就相熟，二人几乎也是同时失踪，当时孟红与梁明还小，都是二平照应才得以在这西市活了下来。孟红无意间看到了周不凡的铜牌，她不受这牌子约束，不想二平落得与一彦一般的下场，这才千方百计阻止二人相见。眼下既然虎符出现了，就要秉承当年的誓言。他周不凡从此就是二平的主人了。

听罢，周不凡心有所想。这一切都是安排好的，那他被害也是安排好的么，孙半仙是知道自己有难才安排这些人来助他。又或者他这一难也是孙半仙设的局？

越想心越乱，罢了，不去想那些事了。先解决眼下的问题才是最要紧的。拿出铜符对着二平道：“平大哥，你比我年长，经验比我老到，但既然发了誓就要听从我差遣。”

二平单膝跪地点头应声。倒是孟红靠在一边冷笑，“你小子听清楚了，眼下你的毒天下只有我与我师弟能解，若敢让我平哥有个三长两短，我决不放过你。”

刚起了点威风就被孟红打压下去了，周不凡只得和颜悦色的对孟红说道：“那就麻烦红姐了。眼下我要好好筹谋一番，两位可否帮我一个忙呢。”

孟红懒懒往后一靠，“说说看吧。”

“我要闭关三日，这三日除了送些吃食外不要有任何人来打扰。平大哥与红姐你们要看紧了我，吃食一定要你们送进来，也不必说话，只放到门口即可。切记不可放任何人进来，李进忠也不成。三日后一早让他来我这里，我有事跟他说。”

自此以后的三日，周不凡就缩在房里，只对着棋盘自言自语，李进忠几次想进去探望，都被孟红拦了下来。

这三日周不凡将自己锁在房中，不停思考眼下的形势，如今被刘公公利用要嫁祸诸葛明，自己只是一个朝廷要犯。能帮到自己的人有不知真假的李进忠，周不凡对他总是在心里存了一个疑影，究竟问题在哪说不上来，但就是不能信任。毕竟只是为了一个共同的敌人而形成的同盟，根本算不上可靠。剩下的是二平，看得出来也并不是真心帮他，只是被吴老头送他的铜符上一道毒誓拘着罢了。眼下唯一能救他的只有诸葛明，但此时也是自身难保，如果现在再去和诸葛明联系，简直和自投罗网一般。罢了，此时走投无路。不妨再给自己算上一卦，于是念着口诀：“灯点两头生死门，一朝天子一朝臣。五方金银搬财鬼，一路黄泉不由人。死门档口登天梯，生门前头有瘟神。你若向前必留心，莫要地府拜鬼神。落入黄崖无底洞，切记绝处多贵人。无根笑脸不能信，定要无情命可存。该舍则舍莫迟疑，从来好人立孤坟。三寸气在千般使，八字铜钱定乾坤！”可周不凡并没有把铜钱抛出去，他突然想到了交给他铜钱卜卦的人，孙半仙。孙半仙认得吴老头，让吴老头将铜符交给他，而且李进忠也是孙半仙安排给自己的帮手，最关键的是，当时将周不凡推进诸葛府的正是他 ，当年孙半仙突然失踪，小周不凡就一直在胡同口附近摆摊。孙半仙教他的算命本事也足够他养活自己和母亲，就这样过了一年又一年。

起初周不凡去摆摊总是抱着一丝希望，想着不定哪天孙半仙又大摇大摆地出现，又要教他什么新的东西，又要他帮着干活。甚至幻想着孙半仙拿着一大串冰糖葫芦出现在他面前。可渐渐地孙半仙的影子在他脑海里开始越来越模糊，就像水波中被打碎的倒影，逐渐失去了原本该有的形状，直到后来周不凡终于放弃了，专心给人算起命来。

这一日周不凡生意并不怎么好，几年过去，当初的小屁孩已经长成了半大小子，穿了孙半仙那身破旧道袍虽然还是宽大，但好歹也是能穿上了。周不凡一个个数着铜板，计算着眼下的开销，如今刚刚入秋，天气也凉了，过冬的炭火、棉被，无一不是要花银子的地方。可照他最近一个月的收入来看，情况不容乐观。母亲的病也是越来越重，如今已经不认得他了，想来头就又开始痛了起来。

正当周不凡头疼的时候，就听到一个陌生但曾经十分熟悉的声音："小子，本事还是不够啊，这么一天了才这么点铜板。"周不凡回头望去，孙半仙正站在他身后。

孙半仙老了些许，胡子已经花白，脸上皱纹也多了不少。穿了身深色的大褂。手里转着两颗铁球，不知是他腰也弯了，还是周不凡自己长高了，孙半仙看起来矮了一截，寻常花甲老人的样子，一双精明的小眼睛说不上慈眉善目，但年岁大了，总是看上去和气了许多。

周不凡起初想过再见到孙半仙会是怎样的表现，是一边哭一边跑过去扑进他怀里，告诉他自己是多想他。或者是跪下磕几个响头行了那个心里欠了无数次的拜师礼。结果如今看来，周不凡只是淡淡地看了孙半仙一眼，点了点头："你回来啦。"

孙半仙也没想到周不凡是这样的表现，也是愣了一下，尴尬地点了点头，笑了笑："嗯，几年不见，你小子过得怎么样啊。"

周不凡依旧是淡淡的很有礼貌的样子："幸亏您当初教了我

算命的本事，过得算不上多好，但养活家母和自己是没什么问题了。”

孙半仙点点头似乎是放心了，又问道：“你娘最近还好么？”

问到点上了，周不凡摇摇头防备着，关心他人是很容易的事，陌生人也好，熟人也罢。一句问候，一句关心，一句心疼，很划算的，很简单的善良。但不知为什么，周不凡现在对着孙半仙多了许多的怀疑和不信任。“还是老样子，如今更严重，已经不认得我了。”

孙半仙走到周不凡身边小心安慰了几句，然后拉着他说：“这次从南方来，有位神医与我一路，我们要去叶柏国办事，正巧路过京城，要不让他试试看吧。”

周不凡突然看到了希望，“真的么，他能治好我娘的病？”

孙半仙笑道：“放心，他本事大得很，只是晚上他才能到，咱们也别干坐着了，走吧，本半仙请你去吃馆子去。”

拉着周不凡就向街口去，但在街口走了好几遍，孙半仙疑惑起来，后来周不凡看出来孙半仙是找当年那家酒楼，才说：“你走的第二年，那家酒楼老板就落了难，如今已经改成茶叶铺了。”几年的时间很多事情都会变，建筑会改头换面，人也会淡忘疏远。所谓物是人非大致如此吧。最后孙半仙只好随便找了家看上去不错的酒楼，叫了几个菜，一顿饭时，孙半仙问一句周不凡答一句，也没什么太多话聊。没话找话更加尴尬，后来两人干脆谁也不说话了，安安静静地吃完了这顿饭。饭后孙半仙又带着周不凡去成衣店买了几身衣服和几双鞋子，回家路上称了好些瓜果点心。

周不凡家，是个四面土墙的小院子，青石砖的两间小破屋，窗户有的地方已经破损，被周不凡用破布遮住。进屋来，就看见一个女人躺在被子里，虽然披头散发的但是脸上却很干净，普普通通。只是躺在床上，双眼无神，一会哭一会笑，好在并不是那种手舞足蹈的失心疯，倒是安安静静。周不凡叫了一声："娘，我回来了。"周大娘也不理他，只是继续躺在被子里。周不凡把周大娘从炕上扶起来，端了一碗水喂到她嘴里，周大娘嘴唇开开合合喝三口洒两口，喂完水，周不凡又拿了块干净毛巾给周大娘把脸上脖子上的水擦拭干净，再扶她躺下盖好被子，周大娘还是老样子，哭一下，笑一下。

孙半仙见了，拍了拍周不凡的肩膀，再四下望了望，家里连张桌子都没有，手里提着的点心也不知道该放在哪里。周不凡叹了口气，接过孙半仙手里的东西，拿到一边的屋里去了。

再回来的时候他倒是吃了一惊，孙半仙身边还立着一个人。他穿了一件黑色云锦斗篷，上面用黑色丝线绣着神农百草的花样，若是不仔细看定然会被当成一件普通衣裳。想必这就是孙半仙口中的神医了吧。神医全身都罩在斗篷里看不见容貌，只是走到周大娘跟前，伸出一只手指在周大娘脖颈处摸了一下，说道："咦？这是受惊，又中了毒。"周不凡听了也是一惊，中毒，他娘怎么会中毒的。

神医一面从怀里变戏法似的掏出几个小瓷瓶和纸包，一边调配着一边说道：“这个女人怀孕时受了极大的惊吓，好在母子平安，但生产后似乎中了一种慢毒，毒量非常小，一般人根本无从发现。”神医将拿起调好的药再倒进一个空着的瓷瓶，递到周不凡手里。“毒性不强，但根深蒂固，这是解药，每日取黄豆大小的药粉用温水化开服下，记得每日一次，药粉我配的有富余，足够她吃到痊愈。只是此毒有个副作用，病好后她就什么都不记得了。不过能变成一个正常人，也已经是最好的结果了。”

周不凡接过瓷瓶，对着神医也不知道该说些什么才好，只好规规矩矩鞠了一躬。神医也不理他，径直走到孙半仙面前，“你交代我办的事办好了，我先去叶柏城了。”孙半仙问道：“怎么你不和我一起么？”

神医冷笑了一声：“我可不跟你一起走，否则自己怎么死的都不知道，告辞了。”眼瞅着神医出了房门，在院子中身形一闪便融入夜色中不见了，就像一块冰融化在水里一般。

孙半仙苦笑了一声对周不凡又交代起来：“你这样天天算命也不是办法，我给你指条好去处，眼下诸葛府正在招家丁，你去应征吧，虽然是卖身，但是诸葛府对下人还是很好的。拿了银子你也好过冬啊。”

周不凡想了想他说的也有道理，只是自己有点弱不禁风的样子，“可我这样子，哪家府宅会收我这样的家丁。”

孙半仙敲了敲支在一旁的算命家伙说道：“你放心吧，我早就替你算过一卦，你只管去就好了。”

第二日晨起，孙半仙一早就来到周不凡门外等候，见周不凡又是背了算命的摆摊家伙什儿，反倒是有些生气，非让周不凡跟他去不可。周不凡无奈只好被孙半仙拉着不情愿地去了诸葛府，果不其然，排了很久的队，诸葛府管家只是看了周不凡一眼就摇摇头，让他下去了。周不凡苦笑一声，意料之中的事。对着在门口的孙半仙耸了耸肩，笑了一下。谁知正好被回府的诸葛珠珠看到，问了来意，原来是卖身给母亲治病。诸葛珠珠便跟管家说了，留周不凡做一个她内院的杂役。管家叫人带他进府签卖身契的时候，他回头望了一眼，孙半仙在人群里冲他摆了摆手，只是人影晃动，不一会工夫就不见了。

晚上周不凡拿着卖身得来的银两回家的时候，家里已经添了些家具，窗户和门也换好了，桌子上放着一张棋谱。周不凡看了一眼，哼，又是不辞而别。心里莫名恼火起来，看也不看，伸手就将棋谱撕了个粉碎扔了。

那是周不凡最后一次见到孙半仙。

想起孙半仙就想起那盘棋。周不凡突然想起孙半仙千叮咛万嘱咐的那句：“小子啊，别小瞧了这斗兽棋，天下很多事都在这盘棋上可以演练，不管是演练兵法，还是玩弄权术，这盘棋都能派上用场。”

对了，棋盘。可以用棋盘来推演。于是赶紧让李进忠从他家带出来的算命家伙什儿里翻了棋盘出来，努力一点点回忆着当年孙半仙交给自己的方法布起局来。但周不凡只学了一半，另一半棋谱被他撕碎，现在再来推演自然是晦涩非常。

直到三日后。周不凡终于捋清了形势。九死一生般的迷局，这三日周不凡起先瞻前顾后推演几遍都是不成，越是往下走便越是凶险，几次下来冷汗直流。稍有不慎不光是自己死无葬身之地，就连诸葛大人和珠珠都难逃一死。但随着一次又一次的推演，周不凡记忆深处的那盘龙虎棋越发清晰，小时候孙半仙教给他的那些东西也逐渐回想起来，一次比一次狠辣，一次比一次更不留情。周不凡收起了平日里滑头的样子，眼神变得冰冷，神色也渐渐变得诡谲起来。正如那段口诀里说的“该舍则舍莫迟疑，从来好人立孤坟。”自己既然已经被推上了这死局，那他就必须要赢，为了自己，也为了诸葛府，有些东西是要舍弃了。

第五章

妙手翻盘棋多一子

痛打阉贼巧解困境

出关后，李进忠第一个守在堂外，眼见着门开了，周不凡正靠在榻上，面前摆着一盘斗兽棋，三日不眠不休，周不凡瘦了一圈，脸色苍白，一场大病一般。他的眼睛越发深陷，摸着手上的棋子，已经推演一夜了。不管怎样他这一子最后都是死路。除非再多给他一子才行，否则当真无力回天。不过他也不急，就算死也要死得慢一点。万一中间还会有变数呢。所以当下必死，未必将来也必死，凡事还是一个字“拖”。

这时李进忠已经到了，在一旁坐着，看周不凡在棋盘上似乎是在推演什么，不敢上前偷看，也不敢打扰，就安安静静地坐在那里等。周不凡斜眼看了李进忠一眼，此人看上去是他这边的，但是呢，唉。周不凡把一子一翻由白变黑，放置一边，得了，又少了一个棋子。这下饥荒一个变俩了。

周不凡也不看他继续在棋盘上划拉，“前辈久等了，不知道朝廷上诸葛明现在的处境怎么样了？”

李进忠刚端起茶盏听周不凡冷不丁问他，偏偏还就问到他最不想说的事。“啊，我正要告诉贤侄呐，这诸葛明前一阵又被去了京兆尹的差事。如今皇帝虽没有继续降罪下来，但只是个架空的一品相了，处境嘛，尚可。”

周不凡沉默了一下，举起他这方一子反复琢磨了，当下就有了主意。“前辈不是要我助你除了刘公公么？晚辈倒有一计。”使了一个眼色，李进忠赶紧附耳过来。听完后李进忠冲着周不凡行了一礼笑道：“不愧是孙半仙高徒。”开开心心地走了。周不凡看着李进忠兴高采烈的样子，冷笑一声，把之前放置一旁的棋子又拿了回来放在他这一面，将就着用着吧，聊胜于无啊。

这时二平正好带了孟红进来给周不凡行针。正碰上李进忠出来，二平行了一礼，孟红则是白了李进忠一眼。“别磨蹭了，晚了的话，姓周的小子蹬了腿老娘可不管啊。”说罢也不等李进忠，拉着二平就朝周不凡房间去了。走得远了，孟红拉着二平小声说：“平哥，以后要离那个姓李的远些，我总看着不像啥好货。”二平苦笑着应承了几声，这女子记仇还真是名不虚传啊。

进了周不凡房间，眼看周不凡依然坐在案上，盯着眼前的棋盘。

二人进房还未开口，周不凡看了二平一眼说道：“二平，跪下！”

二平和孟红还没缓过神来，今儿这是怎么了。不仅气色变了，连整个人的气场都变了，再不像几日前那个贫嘴的小子，反而多了几分气势与诡谲。

周不凡见两个人没有反应，掏出虎符，正对着二人，“看清楚了，我让你们跪下！”

二平一脸怒气，但虎符在周不凡手里，只得愤愤跪了下来。孟红则没那么好的脾气了：“姓周的，你什么意思？！信不信老娘一针灭了你！我平哥犯了什么错！就算眼下你是主子，但说不出个所以然，我让阎王爷都不敢收你！”

周不凡不理孟红，冷笑了一声，回过头继续看着自己的棋盘。慢悠悠地说道：“刺杀当今圣上，你说该当何罪。”

话音刚落，孟红眼光一寒，几支毒针朝周不凡射来，二平手快，抬手几只飞镖把毒针打落。

二平跪在地上，低着头也不说话。

其实二平刺杀皇上只是周不凡猜的，诸葛明，李进忠的说法，当夜吮香楼应该是刘公公安排了马天和白城来的女人行刺，李进忠在外带着弓箭手护驾，可周不凡推演了当夜的情况，应该还有一波人混在其中，只是李进忠以为那是刘公公的人罢了，马天是马头山当家不假，但要带一队武士进京，事发后又要让他们消失得无影无踪那是不可能的，要知道当时京兆府步兵统领衙门可都是诸葛明掌管，刘公公纵然手眼通天，想要安排这么多人手在诸葛明眼皮子底下进了京城也极是困难，况且这样安排的好处远远抵不上被发现的危险。若不是刘公公，也不是李进忠，那眼下想要刺杀皇帝的人，在京城能有那么灵的消息，同时手下有一队武士为其卖命，事后又能迅速在西市消失，只有眼前这位了。

原本只有六分把握，见孟红的表现便是十成了。周不凡抬头道："好了，起来吧。我没有难为你的意思，让你跪下只是想告诉你，你干了多蠢的事。你以为杀了你兄长的人是皇上么？你不想想他是什么罪名，是谁栽赃，又是如何安排，就这么刺杀皇帝，岂不更坐实了你兄长的罪名，将来九泉之下，你有什么脸面去见他？"

二平虽不是多机灵的人，也明白了周不凡言语间的意思："你知道我兄长是被谁陷害的吗？"

周不凡走到二平身旁，将他扶起慢慢地说起了推测：刘公公要刺杀皇帝，无非是要立万贵妃之子为新君，可要刺杀皇帝就必须架空皇帝身边的守卫，于是刘公公与万贵妃勾结陷害了二平的兄长。一来撤了他们接近皇帝身边最大的障碍，二来万贵妃可以借此装病不再侍驾，让刘公公的刺杀计划自然而然的实施。

二平听到此处，怒从心头起，当下起身就走，"我这就去杀了那个阉贼！"孟红紧随其后："平哥，我跟你去！"

周不凡则安静地靠在榻上，幽幽地说："去吧，去吧，当朝的厂督，且不说东西厂高手如云，光是刘府的府兵就抵得上半个京兆府，你们能近了他们的身才是有了鬼。”

二人听周不凡这么说，冷静一下，确实，只凭他们二人想要报仇绝对不可能，可此仇非报不可，进也不是退也不是，两人就那么杵在门口不知该如何是好。

周不凡回头看了看眼前的棋盘：“你们回来吧，红姐，我死了的话，你平哥的仇可是不知道何年何月才能报了？”

“你能帮我们报仇？！有几分把握？”

周不凡推了几个棋子笑道：“昨天只有一分把握，不过现在嘛？”周不凡看着自己棋盘上多出的两子笑道：“现在我有三分了。”

孟红不屑道：“切，才三分，糊弄小屁孩呐。”

周不凡看着孟红笑道：“你们听我的就有三分，不听我的，你们一分胜算都没有。”周不凡掏出铜牌，丢到二平脚边，“平大哥，虎符我不要了。如果你信我就留下，不信的话，那就请便吧。你现在自由了。”

二平把虎符捡起来，看着周不凡，眼下这个病恹恹的人不知怎的突然让他觉得变得深不可测，跟着他或许真的会帮自己的兄长报仇。“你要我怎么做，我听你的。”

孟红亦默不作声地走到周不凡身边。“别乱动啊，扎错了别怨老娘。”说罢从身上取出一卷银针，开始给周不凡行针解毒。

只是这手法嘛，孟红估计气还没消，手上力道重了几分，只扎得周不凡龇牙咧嘴地讨饶起来。“红姐轻点啊，哎哟，哎哟，我错了我错了，平大哥！平大哥！你帮我求求情啊。”孟红见状气消了大半，笑骂了一句，手上轻了几分好好地行起针来。“说吧，要我们干啥，既然平哥信任你，老娘自然也一起。”

周不凡苦笑一声，指了指一旁的地图，上面一个地名用笔圈了起来，二平走过去细看一眼：“滕州？”

周不凡点了点头又指了指一旁的一封信，“还有这封书信，帮我传进诸葛府，千万隐蔽些，不要被人发现，一定要送到诸葛大人手上。记住，除了咱们三人不能让任何人知道我与诸葛府通信。”

翌日，京城另一边的刘府又是另一番风景了。

刘府如今正是如日中天，诸葛明现在已经名存实亡，皇上虽然没有发落，但朝中上下心里都明白，堂堂一品相，也只是秋后的蚂蚱，蹦跶不了几天了。现在朝里刘公公独大，诸葛明后也再无对手，所以来亲近的人更是络绎不绝。

刘公公自然懒得应付这些琐事，自顾自的在后院品茶，斗狗取乐。两只大狗撕咬在一起，身上很多地方骨头都露出来，血肉模糊地打在一起，惨叫声不绝于耳。刘公公看得正欢，前院一个小太监捧了几个折子递到刘公公一旁。刘公公正在兴头上，不耐烦地拿起来看了一眼，映入眼帘的第一个名字“诸葛明”，再细看下去，竟然是弹劾诸葛明的折子，个个绘声绘色，罪名各不相同，且都有理有据。“哎哟喂，挪用军饷，私自熔炼官银，私卖兵甲。好家伙啊，还有辱骂先皇，私受官员贿赂，买官卖官。哎呀，诸葛明啊诸葛明，真是让咱家刮目相看呐。”

眼下这几道落井下石弹劾诸葛明的奏折来得真是及时雨一般。这几道罪名若是落在诸葛明身上，他必死无疑再无翻身的可能。除了诸葛明，这皇帝身边可就只剩他这个厂卫都督，接下来的事就如探囊取物一般顺风顺水了。欢喜之余瞥了眼前还在搏命相斗的畜生，一只已经占了上风咬住了另一只的脖子摁在地上，地上那只尖叫挣扎着，刘公公已经没了玩乐的心思，站起身从一旁侍卫腰间抽出刀来从上至下捅进，贯穿了两条狗的肚皮，刀尖上挑，内脏当时就流了出来，那两条狗四肢抽搐了几下便死了过去。刘公公笑了笑，把刀丢在一旁，回身拿起那几道奏折。“我的宝贝儿哟，今儿咱们真真是要翻身做回主子了。”

刘公公回屋安排了几个人吩咐下去，这几道弹劾诸葛明的奏折快马加鞭送进了皇宫，又绕过了内阁层层关卡，直接呈上御前的书桌上。机不可失，时不再来，势要在皇帝气头上趁着这股东风置诸葛明于死地。刘公公则告了病，皇帝看了奏折势必大怒，他可不想留在皇宫挨骂，还不如留在府上等着皇帝下旨让他去抄了诸葛明的家。每每想到诸葛明倒台的落魄样子，刘公公就禁不住开心起来。只是等了一天又一天，除了第一天皇上传了诸葛明进宫后就再无半点消息下来。眼下已经四五天过去了，诸葛明治罪的旨意还是没有下来。刘公公不自觉心慌了起来，赶忙叫了几个手下进宫打探。

原来皇帝看了弹劾诸葛明的奏折，大怒之下，当即传了诸葛明进宫对质，诸葛明进宫后拒不认罪。拿着那几道奏折细看后发现了问题，奏折所言看似绘声绘色有理有据，却是破绽连连。就拿奏折称诸葛明年初挪用京兆府饷银整整二十万两为自己在京郊兴建马场一事来说。京兆府一共兵将三千人，每人年饷不过五十两银子，户部年初一共拨款不到十五万两，他如何凭空多变出五万两银子挪为私用，更何况将军饷全部中饱私囊后，兵将竟无一造反生事，这如何能做到，即便他诸葛明声威赫赫，手下敢怒不敢言，他又如何将十数万两白银变成二十万两运出京兆府。至于京郊马场那更是无稽之谈，诸葛明京郊有马场不假，但那是当年迎娶长公主时，太后念在公主从小酷爱骑马，一时兴起加进去的嫁妆，所以并未登记在册，诸葛明今年不过是将马场翻新了一番，花费不过三百两白银而已。刘公公他是厂卫都督，对兵部如何编制，户部如何拨银全然不知，根本就没看出这奏折中竟有如此大的纰漏，全然以为诸葛明占着京兆尹这么一个肥差，自然要同他一般中饱私囊。

再说私自熔炼官银一事。奏折上讲，诸葛明将收得的数箱铜钱私自熔成官银，一箱铜钱撑死五十吊左右，五十吊钱换成散银，刨去每十两要的二钱的火耗银子，不过四十多两，再要全部熔成官银火耗更大，最后所得一箱不过四十两。一般私造官银都是私收大量黑银后为了掩人耳目才会铤而走险。就算如奏折所讲整整十数箱铜钱，随后所得也不过不到五百两，他诸葛明不痴不傻，闲着没事担着私造官银的大罪，就为这区区几百两银子？抛开要费的工夫不说，单说这成本诸葛明要真这么干了，那也真是太闲了些。更何况当朝一品大员呐，哪来那么多铜板，就算是行贿受贿，谁这么心眼儿大，用一箱箱的铜板贿赂一朝宰相，真是可笑至极。刘公公养尊处优，根本不知铜钱兑换散银，散银再熔炼官银竟有如此多的门道，火耗银子？只怕他听都未听过这些细枝末节。

皇帝听诸葛明所说确有道理，于是传了内阁府奏明这是何人所奏，内阁府调了近几日登记在册的奏折记录，这几道奏折皆不在列。眼下能绕过内阁直达天听的人皇帝自然心中有数，于是传了魏公公去查明这几道奏折真假，魏公公不出两日就查出这几道奏折皆是诬告，通篇看去言之凿凿但追查下去全都荒唐至极毫无根据。皇帝沉了几日，又传魏公公下了诏书，复诸葛明京兆步兵统领衙门都督一职。而魏公公查明真相有功，封为厂卫副都督，执笔统领太监，一跃成为刘公公身旁的婆婆，分走了刘公公三成权力。至于刘公公，既然这几日病着就下了旨意让刘公公在府内养病，一月病好后再当值复命即可，还赏了一些补品药材。

刘公公跪下接了旨，叩头谢恩后恭恭敬敬地送传旨太监出了刘府大门。回府后瞬间换了一副面孔，手上护甲深深陷进了肉里，几个小太监跪在他面前，瑟瑟发抖，几个胆小的吓得已经昏了过去，这几个人都是接手过弹劾诸葛明奏折的人。身旁一个太监小心翼翼递上一盏热茶，刘公公接过茶水，一把拽过身旁的太监，护甲径直扎进那人脸上，登时鲜血直流，再把滚烫的茶水泼在那太监脸上，那倒霉的太监当场疼得晕死过去。刘公公还不解气，又从侍卫身上拔出刀来，朝那跪着的几个太监身上砍去，顿时整个刘府尖叫连连，传闻刘公公整整砍了近一个时辰才停下，那几个太监被砍成肉泥，刀都砍坏了数把。

本来想趁他病要诸葛明命，谁曾想不过几日光景，诸葛明借着这几道本是弹劾他的奏折官复原职不说，皇上还削了刘公公三分大权，而且提谁不好，又偏偏提了一个明里暗里都让他难受的魏公公。虽然皇帝表面没有追查这几道诬告诸葛明奏折的出处，但想想也知道除了他刘公公还能有谁。本以为大局已定，谁曾想被诸葛明反败为胜，占了上风，而这一切的一切竟还是自己送到诸葛明手里的。他怎能不恨。不过，既然自己有厂卫都督的实权在手，还有万贵妃这个靠山，东山再起不过早晚的事，何况眼下，自己也根本谈不上塌啊。想到此处刘公公满脸鲜血的站在一地的尸块中间阴森森地笑了起来："诸葛明啊诸葛明，咱家真是小瞧了你，不过时日还长，等咱家缓上个把时日，到时候啊，这些还有这些宝贝儿们啊。”指着地上那些已经被他砍得看不出是什么部位的尸块，“就是你的下场！”

而刘府后院地牢里，吴老头舒舒服服地靠在茅草堆里，笑着哼着小曲，很是惬意。

又过了几日，刘公公气刚顺了些，好不容易想着反正称病不用当职，难得在府上吃茶休息，既然已经这样那倒不如韬光养晦，毕竟厂卫都督还在，他实际的势力也并没有大的折损，就先让那诸葛明和魏公公得意些时候吧。至于厂卫的那些事，就让那魏公公一个人去应付好了。好不容易自己开导自己差不多了，端着茶盏吹了口气，这可是云南新进的冰雪翠，清冽得很，珍贵得很，这冲泡也是讲究得很，要用冰鉴取了去年存好的雪，小心地烹煮，水千万不能烧开，滚了的水一冲这清冽立马少了三分，一定要八分热的水冲泡，在六分热时饮下这才最能衬出这冰雪翠的香气，热一分则淡，凉一分则苦。眼下刚好六分热，刘公公小心翼翼地端起茶盏，刚要品一口，就见门口一个小太监连滚带爬地闯了进来：“公公，公公大事不好了！大事不好了！”

刚顺了的气直接又被激了起来，“什么事？慌张个屁啊！”

那小太监跪在地上畏畏缩缩地说：“诸葛明的那个女儿，围着京城绕了好几圈了。”

“哎哟，就这？有什么大不了的，丢的是那诸葛明的脸关咱们什么事。”刘公公还以为是出了多大的事，原来不过是个胖女人游街罢了，低头再看，茶凉了两分，一早的工夫都白费了，心头一堵，把茶杯直接朝那个小太监砸了过去。

小太监也不敢闪躲挨了一下又接着说：“可，可是，她现在正朝咱们府来了。眼下已快到了啊。”

刘公公听了也是一愣，这诸葛家与自己不和已经是人尽皆知，就差明面上还没撕破脸罢了，眼下这诸葛明的掌上明珠怎么朝自己家来了，难不成是来寻仇的。“来就来呗，肥嘟嘟的小丫头片子，她还能翻了天不成？”

小太监见刘公公想得出神，小心提醒了一句：“公公快准备接驾吧。她可是穿了朝服带了整副的公主仪仗来的。”

“什么？！”刘公公一愣，赶紧站起来往外跑去。“这，这是要闹哪出？”

诸葛珠珠是长公主之女，当年长公主与大长公主感情极为深厚，长公主出嫁时，按皇家规矩要叫“下嫁”，太后为此专门提了诸葛明爵位，这才改“下”为“降”，当日大长公主整整哭了一条街去送亲，后来长公主在平阳城待产，大长公主又去求了太后，破格将长公主所产之女封为郡主，称平阳郡主，位同亲王所生之女。再后来长公主过世，为表哀思又晋封公主，如皇帝所生之女，成了平阳公主。平阳城又地处京城附近，平阳公主乃是正二品。虽然诸葛珠珠身份尊贵，但是在这些公主中才貌皆不出挑，平常除了初一、十五进宫给大长公主和太后请安外，基本大门不出二门不迈，若不是今日绕着京城跑了一圈，大家都快忘记了这诸葛珠珠可是有汤沐邑的平阳公主。

眼下这位公主穿的是朝服，妥妥的正二品公主服制。只有见她自己的皇亲长辈需要行礼。按规矩，公主是主，太监是仆，刘公公不过是主子家的奴才，主子去奴才家，是要清水洒街，黄沙铺地，出门二里去迎驾的。

刘公公眼下一身便服，未能迎驾已经是罪，如是衣冠不整难保这老对头的闺女不会借题发挥，以皇亲国戚之权刁难，赶忙急匆匆地换了官服，朝门口奔了过去。

而诸葛珠珠正掀开轿帘，狠狠地朝不远处的刘府剜了一眼，刘府此刻才知道她以正二品公主之尊是冲着自家而来，登时就炸了窝，一堆人又是洒水又是铺路，而那刘公公正一面整着官服，一面朝她跑来。

“阉贼，欺负我爹，陷害我家不凡，用不凡的话，我这次能饶了你才出了鬼。”

诸葛珠珠前些时日找周不凡找得心急如焚，最后还是几天前诸葛明有了消息，细听下来，珠珠简直肺都要气炸，若不是诸葛明拦了下来，珠珠直接提枪上马带上一队府兵就要朝刘府杀去。在府里这几日她也没有闲着，这次有备而来，珠珠势必是要给周不凡来出口恶气了。

第六章
公主大闹刘贼府邸
不凡智斗马头山寨

一月后。滕州温泉山庄。

周不凡坐在堂上敲着算盘，“头大头大头大大啊。”

梁明和孟红则心安理得坐在一边喝茶。周不凡瞥了一眼。

“我说二位，能不能省着点喝，茶叶可是很贵的啊。”

听周不凡这么说了，梁明也不好意思喝了，乖乖把茶杯放下了。

孟红听了则冷冷地瞪了周不凡一眼。

周不凡就觉得脖子上针眼隐隐作痛起来，谄媚地笑了笑：“红姐，你喝你喝，没事的。”

孟红则是得寸进尺，“来人啊，再给老娘烹上一壶，淡的跟水似的。”又故意加重了语气，“记得，多！放！茶！叶！”

周不凡听了捂着胸口心疼起来。

眼下周不凡带着二平、梁明和孟红一起搬到了滕州，把滕州山上一座温泉山庄给盘了下来，二平的人马不能全数带出，只挑十数个身手好的随行。前些时日诸葛明夺回了步兵统领衙门，就又拿回了京城几门守卫大权。但周不凡觉得这城门既然被刘公公的人接手过，要安插些厂卫的眼线也不难，自己能顺利逃出京城已经很幸运了，还是不要铤而走险好。所以二平地下仓库的兵甲也没有带出来。离京时李进忠给了不少银两，但快入冬了，温泉山庄正是做买卖的时候，周不凡不得不出了大价钱将其买下，又添置了不少东西，本是用来盈利的山庄现在做了住处，开销又大，眼下的银子已经不剩多少了，周不凡这些天算了算，越算越头痛。若是能从天而降一笔银子只怕他做梦都能笑醒了。

二平和梁明看不下去，“要不，让梁明去城里开家医馆，也能添补些银两。”

周不凡又敲了几下算盘，“杯水车薪啊。”之后他要做的事无一不是流水似的银子要花出去，原本想着李进忠应该能出得起，可谁曾想买了这山庄后就见了底。

正发愁着，外面来人禀报说是周不凡的表妹投奔他来了。周不凡想了想，除了娘应该没有亲戚在才对，不过还是叫上来看看吧。说不定是京城来送信的。

只是那位表妹带上来，周不凡一看就开心冲过去拉着手上下打量着。“珠珠！你怎么来了。”又着急地给在场几位介绍：“这是二平，这是红姐，这是梁明。”拉着珠珠转了一圈，“这是诸葛明的女儿诸葛珠珠，和我一起长大的。”

二明他们听来，这就是传闻中诸葛明的千金，都齐刷刷朝这位看去。

诸葛珠珠上身穿粗布缝的棉袄，外面套了件翻羊皮的小褂，下身穿一条红底小白碎花的棉裤，围了块褪了色的麻布方巾，挎了个竹篮，头上插了支铜簪子，脸上也故意抹了些灰，整个人跟逃难似的。珠珠本来就胖，再加上这一身打扮，看上去就像乡下进城卖鸡蛋的土丫头似的。

诸葛珠珠见了周不凡也是喜出望外。“不凡，我来助你一臂之力，怎么样，我这身打扮还过得去吧，你瞧这衣裳，这裤子。”

周不凡从头到尾打量一番，笑骂道：“你打扮成这样找我，你爹知道了非活扒了我的皮不可。”再看那一篮子，装的似乎还是大蒜之类的东西。“我娘可还好么？你这是干什么来了？还有，你怎么知道我在滕州的？”

珠珠抹了抹脸，笑着道：“放心吧，前阵子你突然失踪，我着急死了，不敢放周大娘回家，就安排周大娘在我内院住下，跟她讲你被爹爹派去南方办事去了，现在由府兵照顾，安全得很。要不是偷看了你写给我爹的书信，我还不知道发生了什么事。爹爹最近忙得很，顾不上我。我想着，你一个人在外面没人照顾，就偷跑出来了。”

周不凡头疼得更厉害了，眼下这开销只怕更大了，诸葛珠珠虽说不是娇生惯养的大小姐，也能吃苦，只是周不凡总是不想薄待了她。

孟红看不下去开口道："诸葛妹子，这会子周不凡正头疼着呢，他现在镚子儿没有，愁着呐。只怕你来了也要吃苦。"

诸葛珠珠听了赶忙把篮子递到周不凡手里，"我就是想着别的帮不上啥忙，所以才来的，你看。"

"一篮子破蒜头有啥好看的。你看看你都瘦了，一会我让梁明去厨房给你多做些好吃的。他做饭可好吃了。"周不凡接过这篮子，伸手就丢给梁明。"拿去做饭，多炒俩菜。"梁明伸手一掂，觉得分量不对，再仔细看了看，把那几个破蒜头拿走，下边是个白布包裹，打开包袱一看，梁明就愣住了。几人见状也朝那包袱看去，皆是大吃一惊。里面是厚厚一大摞银票，足足有大半篮子。

孟红一把夺过那个包裹，数了数"都是五千两一张的！一五……二十……二十五，我的乖乖足有百十来张。老娘从小到大都没见过这么多钱呐。"

周不凡一惊，但转念一想拉过珠珠笑道："你去那阉贼府上了？"

珠珠点点头。几人哗然。

那日诸葛珠珠以正二品平阳公主之尊到了刘府，刘公公以为诸葛珠珠只是为其父出气而来的，毕竟这可是正二品的皇亲，如果真要以不敬为由治他的罪，虽然皇上不会真的处罚他，但是太后和大长公主，一个是皇帝的妈一个是皇帝的姑姑，若是眼下糊弄不过去日后只怕少不了他的苦头。今时不同往日，如今自己正在困顿低处，这个节骨眼儿上还是不要多事的好，无论如何称病的这一个月不可再有什么变数。

刘公公换了官服，带着一府的人皆整整齐齐地跪在府门口接驾，珠珠远远见了，掀开轿帘对着随行的侍卫使了个眼色，侍卫心领神会大声吆喝了一声：“都慢点，都慢点，公主身娇肉贵经不起颠簸，若有一丁点磕着碰着了，我非砍了你们不可。”抬轿子的轿夫听了，赶紧慢了下来，能多慢有多慢。不过百米的路程却生生走了一炷香的工夫。刘公公就那么跪在那等啊。好不容易等到蜗牛似的仪仗到了跟前，这位公主也不急着下轿，只是在轿子上把他们府上的人一个个剜了一眼，果真来者不善。

刘公公赶紧哈着腰起身，猫似的爬到轿子前。“奴才伺候公主下轿。”

那侍卫见了大喝了一声：“谁让你过来的！跪下！”

珠珠则是换了一副脸色拦住侍卫：“怎么跟刘公公说话的，刘公公还在病中呢。”说罢竟也不推辞，踩着刘公公脊背就下了轿，珠珠故意脚底用力，千斤坠似的重量全踩了上去，巴不得把那阉贼腔骨踩断，下地前还故意在他背上拧了一脚。

刘公公不敢发作，但心里那股子火恨不得立马把她生吞活剥。

珠珠到了府门，抬头看了一眼，回头道："刘公公，起来吧。病中不宜长跪。"

我呸，不宜长跪还不是跪了大半晌。一顿心中咒骂，刘公公这才起了身，又拿出伺候皇帝那一副嘴脸出来。"哎哟，我的公主啊，咱们奴才能伺候主子那是天经地义，是奴才的福气，不知道主子大驾寒舍，有何贵干呐？"

珠珠笑道："有也不能站在这说，咱们快进去吧。"又回头对着仪仗大声道，"你们都回去吧，伺候我的人留下。"

却见仪仗队只撤了大半，还留了数十个身穿兵甲带着武器的侍卫。刘公公回头瞅了一眼，个个人高马大，身形魁梧。"这，这是？"

珠珠笑了笑，"公公，我自幼兵营里长大，用不惯侍女，府上也没个使唤丫头，平日里就带着他们，公公不介意吧。"

刘公公赶忙道："主子女中豪杰，不打紧，不打紧的。"说罢赶紧托着公主拿帕子的手："主子来，这边走。"

好不容易迎着这位主子进了大堂，主子竟也毫不客气往正座一坐，端着茶盏心安理得地吃起茶来。

刘公公站在一旁，"主子，主子到奴才这所为何事啊？"

珠珠放下茶盏，好似突然想起什么伤心事似的，抽出块帕子假惺惺地抹了抹眼角。"我与我爹吵架了，不想回府受那老头子臭气。"

鬼才信你，父女俩吵架，关起门吵就是了，来我这要什么威风。刘公公赶忙又问："那主子该去找大长公主和太后，她们一向最疼主子了。"

"是啊，我已经求了皇姨和老祖宗，她们说让我出来散散心，眼下已是秋末，万物萧索，这京中风景眼下也就刘公公府后的红叶山还能入眼。于是就让我到这刘公公府上小住几日，一来让我看些风景散散心。"见刘公公刚要推辞，珠珠又从袖中抽出一张加了金穗的书信在他面前晃了晃，看来这是有备而来，连旨意都请来了，刘公公只好闭嘴。"二来，刘公公这不是也在病中，我来也有个照应。"

刘公公也不敢再说什么，只吩咐了下人，赶紧把正房打扫出来让公主住下。折腾了一整天，又是要茶水，又是要点心，一会子嫌房内太冷要烧个暖炉，一会又嫌弃房内太闷要开窗，到入夜才安分。刘公公回了自己房，赶紧叫几个太监给自己揉揉腰，白天珠珠那一脚差点没要了他的老命，这个诸葛明心真大啊，我与他你死我活，只恨不得赶紧要了对方性命，他倒好，直接把他宝贝女儿放到我这个死敌府上了。

不过只是小住，她一个女流之辈，应该出不了什么乱子，依他刘公公看，这诸葛珠珠不过是跟他老爹撒气罢了，不会把他怎样，顶多也就刁难刁难他，忍过这几天应该就没事了。等过了这月，我再找他们父女算账。

只是这刘公公低估了诸葛珠珠，若只是个普通的公主也就罢了，顶多娇惯些，偏偏是诸葛明的女儿，跟他爹一个脾气秉性，都是疾恶如仇的主，又跟着那周不凡生活了这些年，那股子机灵劲也是耳濡目染。把新仇旧恨足足酝酿发酵了一肚子，誓要劈头盖脸洒满刘公公一身也不能解恨，不扒了他的皮才是出了鬼。先是在府上羞辱她胖，朝中处处刁难她爹，后来又陷害周不凡害得他们不得相见，若不是那日刘公公提醒，她珠珠可是正牌的皇亲国戚，刘公公自己不过是个奴才，珠珠自己都没想到能用这个法子来治他。

第二日，刘公公称病躲在房中不去见她，谁知诸葛珠珠也不怪罪，在门口吩咐了刘公公好好养病，让奴才们用心伺候后就走了，说要去红叶山赏红叶。等约摸着走远了，刘公公这才从房内出来，舒舒服服地坐到堂中打算品口好茶，等了半晌也不见热水上来，大声招呼了几声，却只见他贴身两个小太监跪在堂下。

怒道："怎么是你们这两个狗东西，其他人呢？！"

两个小太监跪着结结巴巴地说道："都让公主带走了，说是让随行伺候，厨子、侍卫、马夫、家丁全都带走了，还说刘公公病着，不让打扰通报。"

于是可怜的刘公公在府中晾了一日。入夜，诸葛珠珠才带着一行人浩浩荡荡地回来，也不见他，有说有笑地回了自己的厢房。

而刘公公真是在府上饿了整整一天。以后再不敢躲着她了，定要看紧了才是。

而后几日这位公主弄得整个刘府鸡飞狗跳不得安宁，先是青天白日的要自己的府兵与刘府的侍卫比武取乐，功夫稍差的就让珠珠带来的侍卫打得遍体鳞伤，若是碰到功夫好的，她就以请教切磋为名亲自上场，对方不敢全力迎敌，诸葛珠珠从小兵营泡大，一身功夫也不是吃素的，找准空挡就下狠手，当胸一掌直接就打得对方肋条都断了几根。如是下一个高手稍有用力些，她就立马假装受伤倒地不起，非要了人参鹿茸之类的补品养伤用不可。

等刘府高手折损差不多了，又要在刘府赏玩刘公公收藏的古董字画金石玉器，看中的就拿回房要“细细地欣赏”，秉承“只要拿走绝不撒手”的战略手段巧取豪夺，几日下来刘公公只好偷偷把府内值钱的东西全都收入库里，再不敢拿出来。

一周后刘公公已经被折腾得筋疲力尽再也扛不住了。看着偌大的家业被这个瘟神折腾得朝不保夕，恍惚间都有些后悔与诸葛明为敌，正躺在床上想得出神就听得小太监来报，说是诸葛明来了，以为是来了救星赶紧出门相迎，谁知那诸葛明也不进府门只是在门外说：“小女近几日在府上叨扰了，眼见入冬送了些冬衣来。”然后道了声谢转身就绝尘而去。刘公公一口老血差点吐在门口。

又过了几日，刘公公终于摸清了诸葛珠珠的路子，她若闹起来只要送些银两给她，立马就安宁了。于是铁打的银子流水的花，权当花钱买清净了。

眼见一月之期就要到了，这位瘟神终于要走了，这日诸葛珠珠来道别，刘公公高兴地专门摆了宴席相送。席间刘府账房不停地拉刘公公袖口，刘公公正在兴头上，见珠珠脸色阴沉，怕再有得罪，这位公主再要小住几日可得要了老命，也不管账房有啥事要说，赶紧就把他撵下去了。珠珠这才又开心起来。待好不容易送珠珠走远了，账房这才畏畏缩缩的跟刘公公禀报："早时公主到账房说要学用算盘，弄得账房乌烟瘴气，走后，银票盒子就不见了。"

刘公公只觉得眼前发黑，脑仁发胀："丢了多少银子？"

"那个银票盒子装的全是五千两一张的银票，一共二十多张。"

"还好还好，十万多两银子。咱们还是出得起。"刘公公宽慰自己道，十万两虽不是小数目，心疼归心疼，但好歹把瘟神送走了，若不送走只怕要把自己活活气死，十万两银子不过半年光景也就又挣回来了。

账房先生又接着说："可公主在府上这近一月来，拿走的宝物，还有日常要走的开销再加上今日拿走的银票，咱们府这一月流水较往常直多了五十多万两。"

"五十万两？！"刘公公这下再也坐不住了，几乎半副家当小一个月都付诸东流了，再加上一个月被这位诸葛珠珠闹得心惊肉跳，有几分已经变成真病，这一刺激，急火攻心，只觉得头晕目眩，倒了下去。

这一病又病了半月有余。刘公公此后当真是恨透了诸葛明父女二人。但又从此怕了三分，生怕一个不留意，诸葛明又把女儿送来。

“后来啊，我把从那阉贼府上拿走的东西宝物统统都拿去当铺当了换成了银票。平阳城虽然还没真的做我的封地，不过好歹我有平阳公主的名位在，这几年平阳城的管事都已经是爹爹的人了，这次我先大大方方去了平阳城，说是为灾民祈福，在城内把阉贼的耳目都甩了去，然后乔装打扮这才来了滕州。”诸葛珠珠说到兴奋处，又起身转了一圈，“不凡，你看啊，我这打扮像不像普通人。厉害吧。”

周不凡一边清点着银票，一边听珠珠怎么在刘府巧取豪夺，听得不停地摇头苦笑，这个珠珠啊，还真是了不得。想的也很是周到，出京必定有刘府眼线跟着，去了平阳城就等于进了诸葛府一般，刘公公再大的本事也跟不进去。再说珠珠这一身装扮，谁能想到一位公主会装成一个村妇，篮子里还装了几十万两银票，平安无事地到了滕州。

“厉害，厉害，我们家珠珠最厉害了。赶紧把这一身衣裳换了去。”

周不凡心情大好，拿着银票，给在座的每人都发了一张。“来来来，见者有份，平大哥这是你的，梁明这是你的，红姐这是你的。”孟红拿过银票又瞪了周不凡一眼，周不凡赶紧又递了一张过去。“这是医药费哈，红姐您收着千万别和我客气。咱俩谁跟谁啊，不是？”

孟红这才高高兴兴地收了银子。“谁和你客气了，老娘要谢也是要谢我诸葛妹子。”说罢拉起珠珠的手就往外走，“走走走，妹子，姐姐带你去打扮下，赶紧把这身衣裳给我换了。”

片刻后孟红就带着珠珠回来了。只见她去了那身装扮，穿了件青皮猎甲，外面套了一件灰狼皮的披风，一头青丝没什么装饰，只是用根皮绳束起，脸上也洗干净了，虽然白白嫩嫩的，但将门出身再加上这装扮自是英气逼人，活脱女将模样。

周不凡再看眼下众人，二平，孟红，梁明，珠珠。四人已经到齐，再加上京中的李进忠和诸葛明，眼下胜算又大了不少。摸着眼前棋盘，眼里放光。“眼下万事俱备，我们可以开始了。”

二平见周不凡信心十足，“那我们要从哪里下手？”

周不凡收起玩笑嘴脸，冷笑一声：“当然是从马头山下手，我们搬到滕州就是冲着他来的。”

滕州地处马头山北侧，与平阳城相邻，又正好与京城隔了一座红叶山，刘公公怎么也想不到自己府后的红叶山对面竟会有这么一拨人。

如今刘公公一定以为他死了，马天那头也势必松懈下来。要将他们一网打尽还不能打草惊蛇，一来马天占山为王，势力不容小觑，若是强攻只怕他会向京中求救；二来刘公公心狠手辣，保不齐会先下手灭了马天的口，来个死无对证。所以周不凡要做的就是两面同时下手，诸葛明与李进忠并无交集，但二人同在京中都会向刘公公频频发难，让其自顾不暇。这样马天这面就由他们几人慢慢以江湖争斗为名削弱其实力，势必要在刘公公觉察前将其擒住，这样不光自己的冤屈能洗脱，而且刘公公刺王杀驾之罪落实，皇帝一定会杀了他，二平兄长的仇也能报了。

二平心中盘算了许久。“这马头山我已经派耳目混了进去，眼下马头山的情况已经摸得八九不离十了，只是以我们几个人，怕还是有些吃力啊。”

二平拿出一幅马头山的地图接着讲道：“这马头山上的寨子原本只是些马贼，不过几十人罢了，马天也不过是其中一个小混混，数年前马天突然得了势，不知从哪里学了一套功夫，与山寨外的人里应外合杀了当时的寨主，从此占山为王，这些年势力越来越大，山寨已经发展到近千人。来人不问出身，也不管底子干净不干净，略有本事就可以加入，所以净是一些逃犯与亡命之徒，虽不成规模，但各个好勇斗狠，很难对付。”

周不凡沉吟片刻：“那其中可有你们对付不了的高手？”

二平自信一笑。“那倒没有，只是些乌合之众罢了，比平常人厉害些而已，若说单对单，整座山寨连个能打得过梁明的人只怕都不过几人罢了，能和孟红成对手的只怕只有马天一人。”

孟红接了话茬：“平哥，您直接说整座山寨一个能打得过您的人都没有不就好了，何必拉上我和梁师弟。”

说罢，几人就笑了起来，原来这么大的山寨也没啥可怕的嘛。倒是珠珠心思透亮：“你们别高兴，一千多号人呐，咱们眼下不过几十人罢了，我倒是可以从平阳城调来些人手。只怕还是杯水车薪。”

几人听珠珠这么一说又沉默起来。

周不凡倒还是一副胸有成竹的样子。“从古至今，以少胜多，以弱胜强的例子不胜枚举，大家也不必太灰心，眼下珠珠送来这么多银两，足够我们招兵买马了。”

梁明心中计算了一下：“只是我们要凑够人马只怕要数月才够哦。你的意思是我们先等人马备齐再动手么？”

周不凡摇摇头，“人嘛，先招着就是了，只是咱们也别闲着，先去试试手给那位山寨大王找点事做。”

珠珠沉吟片刻。“哦，我懂了，如果是备好了人再倾巢而出，对方势必拼死相抗，还会急着向刘公公求救，若是他们二人一旦通上气，我们不论成败都功亏一篑。不凡是要我们先去招惹那马天，让他以为不过是个新起的小江湖势力惹事罢了，让他与我们缠斗，慢慢削弱实力后再一举拿下。”

周不凡点点头，“还是我家珠珠懂我啊。”又回头招呼众人到面前商量起来，出了周不凡房门，孟红不住地赞叹："这小子真毒啊。"真亏他想得出啊。

第七章

妙计层层土匪遭难
祸事频频端倪初现

马天最近也是郁闷起来，本来干爹刘公公交代的差事没有办好就挨了通骂，这下好不容易逃出京城回到自己的地盘，才过了两个月，山上就开始怪事连连。他在江湖上立的久了，实力不弱，但仇家也不少。只是最近麻烦事不断，他也一时摸不着头脑。

先头西山总是隔三差五出现一个迷路的女人。

巡山的兄弟偶尔会在云雾缭绕中听到一个女人的呼救声，酥酥软软有气无力的，几个兄弟循着声音找到了，只见是个衣着华丽的女人，衣裳划破了数道口子，露水打湿了发髻，水滴顺着脸颊勾勒出妩媚的线条，在下巴汇成一滴，沿着一绺湿发贴着湿润脖颈顺道儿下滑进衣领丰满的阴影之中，身上披了一件嫣红色的绸缎，也是湿漉漉的包裹着身体，曼妙的身形展露无遗，身上数处破损隐约透着软玉温香的肌肤。

几个人不自觉地看得眼都直了，眼珠子恨不得黏到那女人身上，女人见他们看得痴了，笑了笑，扶起身来软软地说道：“几位勇士，奴家是滕州的一名官妓，昨夜与几位公子游玩间多吃了些酒，醒来后就发现自己身处这密林之中。眼下又迷了路，跌了一跤，好痛啊。”说罢，就要倒下的样子。“还请携奴家一程啊！”

几个人眼见，赶紧抢着冲上前去伸手要扶，却只见眼前红色丝光闪动，一道劲风扑面而来，异香阵阵透过口鼻钻进了五脏六腑，再睁眼哪还有什么美人，倒是伸出的手上突然长出了许多红点，奇痒难忍。紧接着口鼻、心肺就火烧似的疼了起来。几人痛得在地上打滚，不一会就晕了过去。

不远处，那女人裹着丝绸优哉游哉地看着。“哈哈，想吃老娘的豆腐，这是白蝙蝠髓混了狼蛛火毒的香粉，慢慢享受去吧。”见不远处又有倒霉蛋到这来了。伸手一掌，数道掌风朝刚才那几人的方向打去，只打得一地落叶卷起，纷纷盖住了那几人的身形，赶忙又假装倒了下来，摆了一个妩媚勾魂的姿势，软绵绵地呼喊道：“救命啊，救命啊！”

一早下来，光在西山折损的兄弟就不下五十来人，活不见人死不见尸。

若只是西山倒也罢了，东山也不太平，山上莫名其妙出现了一个富贵人家的少爷。见了人就跑，兄弟们见此人锦衣华服顿时起了歹念，举刀追了上去，待到隐蔽处就发现此人神色惊惶僵在那里不动了。兄弟们这才看得仔细了，一身白色丝绸的长衫，腰带暗绿色的万字纹花样，中间镶了蓝宝石，袖子也贴了暗绿色的锦缎，绣片沿着袖口一直贴至胳膊肘，与腰带呼应着，袖底扣了两对雕琢的蝙蝠衬着暗绿色的锦片上，闪着黄澄澄金灿灿的光芒，确实是个有钱人家的公子。就瞧着他很害怕似的大声警告："你，你们怕死的，别过来啊，我身上什么值钱的东西都没有，再往前走一步我可就不客气了，我，我可厉害了。听见没有啊！"

几个人再仔细地瞧了瞧，不过就是个文弱的书生，长得倒是挺秀气的，害怕的模样也不是装的，看样子就是个手无缚鸡之力的公子哥，吓唬他们罢了，于是放宽了心，抽出兵刃大步流星地就朝猎物扑去，别的不说，单就这身衣服就能换个好价钱。见对方丝毫没有退缩反而先发难起来，那位公子赶紧甩了甩衣袖，就见五彩缤纷一物从衣袖里飞出朝那几人射来，挥刀便挡，可那竟是活物，在空中转了几个角度诡异地躲开刀锋接连打在几人脸上，似是中了飞镖一般脸就火辣辣地疼了起来。待那物停了下来又飞到那位公子哥掌中，原来是一只五彩蝎子，巴掌大小，长相稀奇得很，雪白的身子，背后长了三对颜色各异蝉翼般的翅膀，飞舞起来五彩斑斓甚是炫目，尾生三股，长短各不相同，尾勾焦黄渗出毒液闪着寒光。

几人大惊失色，刚要开口呼救却是话到喉头什么也喊不出来，知道这是遇到了硬手，捂着脸转身要撤，却只见那三尾毒蝎又箭似地飞了过来，面前顿时几道五彩寒光穿梭，再飞回那公子袖管去了。那几人只觉得眼前天摇地动，腿上一股子寒气只往头顶蹿去，立马就倒了下去，抽动了几下，口吐白沫昏死过去。

那公子哥站在角落不敢动弹，袖管里的三尾蝎按捺不住，又飞出去往每人身上刺了一针。见这几人也不挣扎，看样子是真的死过去了，这才放心大胆地跨过几人的身子，鬼鬼祟祟地溜了，一面溜一面碎碎地念着："师姐啊师姐，您在哪里啊？师弟我胆都要吓破了。"才走了几步就又有几个不长眼的土匪盯上了他，悄悄跟了上去。那人袖里的三尾蝎不耐烦地理了理翅膀，准备下一次开餐。

马头山北面就是官道，但这里自从有了山寨后，劫匪猖獗，数次朝廷围剿也不过在山门口转了一圈走了个过场就折回去了，渐渐地这里便萧条起来，很少有车队路过。只是近来不知怎出现了一队押运货物的车队。

车队随行的侍卫不过三四人，却押了整整六个巨大的箱子，敲锣打鼓地喊着号子，唯恐别人不知道是镖队一般，也不知箱子里面装的是什么宝物。守山门的土匪心痒难耐，远远见了就叫上一小队人马直奔山下。押送箱子的人见土匪来了，赶紧丢下铜锣与马车匆匆逃了，见得手竟如此容易，土匪们哈哈笑了起来，收了刀剑就要打开箱子。箱子一开就见寒光直逼而来，还未来得及开口呼喊就人头落地。箱子里站起一人，身材高大，身裹金甲，手里使的是一把九环钢刀，他呼喊一声，剩下的箱子里也翻出几个武士，个个手拿刀剑，身裹金甲，跟着那人就开始与土匪厮杀。土匪们大惊失色，就看领头那人武功极高，蛮牛般的在马阵中冲锋急转，大半人马都做了他的刀下亡魂。不过片刻，这一支马队就被他们几人屠戮殆尽。领头那人抹了抹脸上的血迹，不屑地说了句："就这么点本事罢了，还不够爷好好杀个痛快的。"然后重新整好了车队，把箱子留下，往滕州方向去了。只是临走前，从车上不小心掉了一张帖子。

晚上，滕州的温泉山庄，周不凡舒舒服服地靠在榻子上，裹了件狐皮的大衣，一边烤着火，一边剥着橘子，好不惬意。珠珠则是坐在一边看着马头山的地图。

剥好一盘了，周不凡给珠珠递过去："别看了，马上入夜了，小心眼睛疼，你看这橘子，我专门叫二平托人从江南道带上来的。你尝尝，可好吃了。"珠珠接过果盘笑："还喂，我这一身肉八成都是你喂出来的。我这不是懂些兵法么，早些推演行兵路线，这样之后大战时也不至于慌乱。"

"你要上阵？！"周不凡瞪大了眼睛，"不行！万万不可。你不能去。"

珠珠心头一甜，看来周不凡还是很关心她的，羞得低下头："为啥不行，好歹我也是跟过军的，论功夫我也不输谁。"

周不凡只是一面吃着橘子一面道："不是说你不行，你若上阵自然是一个顶俩，可万一你那记仇的爹知道我让他宝贝女儿上阵杀敌了，非把我剁成十八段然后做成腊肉挂在家里，时不时割上一片下饭吃。”

珠珠白眼一翻，真是块木头。气得别过头去。

周不凡哄了好一阵子，最后没办法只得答应了同她一起在地图上推演兵法，在诸葛府这几年耳濡目染，加上孙半仙交给他的半副虎棋，既可做权斗，也可做兵法，他来做马天一方，朝珠珠那支队伍攻来。周不凡用兵奇巧只打得珠珠溃不成军，几次下来，珠珠也觉得没意思了，便把地图丢到一边去，老老实实地吃起橘子来，周不凡见她终于安分了，就又乖乖地取了几个苹果帮珠珠削起皮来。

也不知怎么的，周不凡特别喜欢看珠珠吃东西，不管心里有啥烦心事，只要买些瓜果点心，看着珠珠一块块吃下去，圆圆的笑脸，弯弯的眼睛，他心里立马就平静起来，再看她吃得开心，自己也不自觉的开心起来，什么烦心事都会抛到九霄云外去了。想着要是能就这么一直看着她就好了，从小到大，自己的娘疯疯癫癫，邻居也是自顾不暇，好不容易有个孙半仙对他不错也不知所踪，要说这世上真真正正一心陪着他对他好为他着想的，除了他娘也就只有珠珠一人了。

正想着等会要让厨房做些什么吃的，周不凡就见二平一行人兴高采烈地回来了。

“怎么样啊，收获如何？”

二平拍了拍胸脯说：“我出手你放心，灭了他们一队人马，差不多有二三十人吧。”

孟红笑了笑：“这个平哥可就比不上我了。”又炫耀似地摆了个姿势，“以老娘的风采，可是毒倒了五十来人哦。怎么样？厉害吧，师弟你呢？”

“我，我这个。”梁明支支吾吾起来，孟红看不过眼，“不会吧，我专门连夜赶工给你做的这一身衣服配你的三尾，你看这绣工，你看这暗花，老娘可是给你好好绣了一夜啊，不会颗粒无收吧。”

梁明低着头，只伸出一根手指。“只杀了一个人啊，哦，没关系没关系的，一回生二回熟嘛，平常都有我跟着，这回第一次一个人出马，下次就好了。”孟红宽慰道，又狠狠地看了周不凡一眼，意思是你敢责怪我师弟，我就要你好看。周不凡心领神会，赶忙宽慰道：“是啊，红姐说的对啊。”

二平大笑了几声：“你们啊，都猜错了。我听马头山的探子说了，西山来了个白衣无常，看见就没了活路，站着伤，碰着亡。西山死了足有百人。”

原来梁明胆小，不敢上山，想就在山脚下试试伤上几个人就回去，但当他碰上第一拨人时就慌了，不进反逃，结果误打误撞被土匪赶进山里去了，解决了那些人后又迷了路，梁明没什么经验，就站在那喊，结果引来的人一拨接一拨，直把他赶到山里深处去了，还很不“幸运”地碰到了一整队准备下山采买的人马，杀了个干干净净。要不是碰到二平安插进马头山的探子，正好他们彼此还认得，只怕此时梁明的三尾已经杀到马头山寨大本营了。

听得孟红冷汗直流，拉着梁明好一通训斥，一边拍着胸脯，“好我的阎罗王啊，幸好你没事，不然老娘怎么跟师父交代。”一边拉着梁明的耳朵：“你说你，师父当年把三尾传给你时老娘就觉得奇怪，你这么胆小怕事的，原来师父他老人家料事如神，今儿个幸好有三尾在，不然就你那点子功夫能成啥事啊，让你以后练功再偷懒，去去去，罚你去我房里把《百毒经》抄上两遍！”

周不凡赶紧过来打着圆场。“那什么经先不必急着抄写，你们可有留下什么线索。”

梁明和孟红摇了摇头。周不凡翻了翻白眼，这姐弟俩，一个只顾杀人，一个只顾逃命，把离走前他交代的事忘了个干净。

倒是二平点了点头，“我把咱们山庄的名帖丢在地上了，想必他们的人下山收尸时一定能发现的。”

总算有个听话的了。

“珠珠，你的人准备好了么？”周不凡见珠珠面前的果盘空了，又递了一个梨子过去。

珠珠笑了笑：“放心吧，下午就带着东西到了，我已经安排他们在山庄门口候着了。”

周不凡看着门外。“好，明天就看你们的了。”

第二天一大早，马天就带着百来人浩浩荡荡地朝滕州方向去了。

近来山中怪事极多，东西山头皆有伤亡，一个活口都没能留下，不但如此，死状都极为恐怖，都是中毒而死，尤其是西山上的那些尸体，不知是被什么毒虫蛰死，浑身发黑肿胀，看了让人胆战心惊。不但如此，又赶上看守山门的几个兄弟劫镖不成反送了性命，幸好在现场发现了这山庄的名帖。本想带上人马直接把这个山庄给平了，但看劫镖兄弟尸体上的伤口，看来这次碰上的功夫非凡，冤家宜解不宜结，还是带上礼物先登门道歉，打探下虚实才是上策。若真是家大业大就送上些礼品，结交一下。若只是个普通山庄，哼，他身后这些人可都是高手，又是带着家伙来的。不论如何他马天都不做赔本的买卖。

到了山庄门口，果真气宇非凡，大门修得有都城城门一半高大。大门牌子是块黑色大理石，上面刻了一个淡淡的“泉”字。马天让人在门下大声说了来意，就见门上守卫瞥了一眼匆匆就跑回去禀报。

不一会，一个女人穿着红衣带着两个随从在门楼上站了出来。

那女人生得极为娇媚，言语却是极为泼辣嚣张：“哪里来的小毛贼，敢上老娘的红泉山庄叫门！活得不耐烦了是吗？”周不凡此时不能出面被马天看到，只好推了孟红上台，好说歹说，连山庄都随了她叫红泉山庄，孟红这才松口，当上了这红泉山庄的女庄主。

马天就觉得奇怪了，红泉山庄？这原来不是温泉山庄么，去年他还带着几个人来这泡了几天的“霸王澡”，怎么一年光景就变成个母夜叉当家的红泉山庄了，连大门都换了。但此女如此蛮横，估计实力不容小觑。于是客客气气地自报家门：“女侠，我们是不远处马头山的兄弟，我是马头山的大王，我叫马天，昨日手下几个不要命的小厮与贵庄的车队发生些误会，特前来道歉。”

孟红在门楼里笑道：“就你这样还大王，长得獐头鼠目，店小二似的样子，你要是大王，我就是女王！”门内周不凡听得孟红这是指桑骂槐，马天和他长得一模一样，骂马天不就是骂他么，翻了个白眼，从地下捡了个石子就朝孟红一边的二平丢去，二平心领神会。

马天被孟红骂得找不到回嘴的空当，就见那女庄主身旁高个的随从拉了拉她，女人这才停了下来。“干吗啊，没见老娘在这训孙子呢。”那随从指着马天一行人哭喊起来：“庄主，就是他们昨天抢了咱们的车队，还伤了我们不少人啊。”

孟红一回头。“竟有此事？好大的狗胆。”又冲着马天叫骂起来，“那个什么大王你听好了，敢打我的人，你是不是活得不耐烦了！”

马天刚要申辩：“庄主，误会，误会啊。”

“误会个屁！来人啊，放箭！”孟红伸手一招呼就见一队弓箭手立马出现在四周高处，居高临下，箭在弦上对准了他们一行人。

马天赶忙讨饶：“庄主，庄主手下留情，我们带了礼物，我们是来讲和的啊。”

孟红冷笑一声。“哦？是么！拿上来我瞧瞧。”挥了挥手，门楼上就掉下个篮子，马天规规矩矩的把礼盒放在篮子里。孟红打开一瞧，都是些珠宝之类，立马开心起来。

马天见这位庄主很喜欢的样子，总算松了口气，看这些弓箭手各个装备精良，人数竟不下半百，看样子这山庄规模也不小，虽没有他的马头山那么大的规模但也是个硬骨头。“庄主啊，庄主可还喜欢？”

孟红看着眼前的珠宝：“喜欢啊，喜欢。来人啊，射死他们。我们走。”

马天做梦也想不到竟是这种结果，这还有王法吗？！

瞬间数箭齐发，马天一行人只得狼狈逃窜，中箭者，落马者不计其数，最后逃回山寨清点人数，带去百余人，最后活着回来的才二十来人。

本来烦心事一桩接一桩，如今又添了这么个难相处的邻居，马天真是肺都要气炸。“红泉山庄！等我把人马整合一番，定要把你们统统杀光，尤其是那个庄主，我非要把她好好凌辱一番才能泄恨。”

另一边的红泉山庄，孟红正坐在堂上与珠珠赏玩那些得来的首饰，孟红很喜欢珠珠的样子，不停地拿了珠钗发饰往珠珠头上戴。“珠珠妹子你就是不爱打扮，你看这珊瑚红艳艳的，配你的肤色正是好看，你再看这个镯子喜欢不。来来来，姐姐给你戴上，别和姐姐客气。”

梁明倒是知道其中缘由，孟红本来有个妹妹，孟红曾经跟他讲过，她妹妹也是白白胖胖的，十分可爱，可惜很小的时候师父带着他们三人到处奔波，小妹体弱不知怎的突然染上恶疾，病死了，孟红平时嘴上不说，但其实心里很是想念那个妹妹。至于那小妹真正的死因，也是梁明这么多年的心病，师父失踪后这么多年从未敢向孟红提起。

孟红见梁明又发起呆来，忍不住就又训斥开他：“喂，梁明，你发什么呆啊，没看见我和我妹子忙着呐，你赶紧去厨房给我们做点宵夜来。”

梁明听得孟红训斥也不敢回嘴，就不停点头道：“我知道了，师姐莫气。”刚要乖乖去厨房做饭，迎面就撞上平阳城来的几个官兵。

官兵递给诸葛珠珠一封信，就匆忙下去了。诸葛珠珠看了信，眼睛一亮，“咦，奇怪了，之前多少大夫都束手无策的瘟疫，这两天疫情突然开始好转了，已经没有新的病患出现，已经得病的百姓也有好转的迹象了。”

靠在榻上的周不凡依稀记得珠珠就是以平阳城瘟疫祈福为由出的京城，这会子又听到“瘟疫”二字，心里一动，问道“什么瘟疫？”

珠珠高高兴兴地收了信函“哦，就是平阳城瘟疫啊，你被那阉贼带走没几天的事，当时突发疫情，蔓延极广，大有朝京城而来的趋势，说来也奇怪这瘟疫来得突然，病情猛烈，染病者上吐下泻，高烧不退，染病者近万人，但时至今日却万幸只病死了不过十来个人。”

周不凡突然有种不好的预感，心里好像有团乱麻，突然扯出了一截线头，但又好像什么都没有，接着问道：“我落难时突发了瘟疫外，可还有什么其他的事情发生。如同瘟疫一般的大事。”

珠珠这可就犯了难，想了半天就说了句：“好像有啥西域来的使团被劫了，还有……”

周不凡见孟红与二平皆是脸色一变，赶紧打断珠珠说道：“没事啦，我就随口问问，我突然饿了，你帮我去厨房拿点吃的好不好。”

珠珠应了一声，起身就去了。

周不凡见诸葛珠珠走得远了，示意二人接着说下去。

孟红一脸严肃道：“还有叶柏国挑衅，东洋沉船。”

二平听出了异样，接着说道：“江南邪教，河夏腐败，东海罢考。”沉吟片刻后又说道：“这些事来得快，去得也快，咱们到滕州时朝廷都已经料理得差不多了。”

周不凡脸色一沉，摸着桌上的棋子，想得出神。片刻后看着二平和孟红说：“平大哥，红姐，眼下平阳城瘟疫还未完全消退，你们二人去查查可有什么线索。”

“可眼下马天那边的人不日就要来找咱们麻烦，现在山庄里的硬手只有我和孟红，我们若是走了，谁来迎敌。”二平看了眼孟红：“更何况三日后就是你最后一次拔毒的日子。”

孟红一听也是头疼起来。“是啊，怎么把这茬忘记了，三日后就是要给你小子拔毒的日子了，不如让梁明和平大哥去吧。”

周不凡想了想，“不必了，马天不过是个土匪，这里有珠珠、梁明和平阳军在应该没有问题。平大哥江湖经验最多，红姐你还是跟着一起从旁协助吧，拔毒的事就交给梁明来做，好歹大名鼎鼎的毒华佗，你要相信你师弟的本事，不能凡事老护着他，也该让他历练历练。你们放心吧，不会有事的。”

几人低头又各自盘算一番，孟红抬头对梁明道：“师弟，这次事关重大，我就随平大哥去一趟，我们走后这山庄里的硬手就只剩你一人了，你千万凡事留心，其实你得师父他老人家真传，本事远在我之上，就是胆子太小，记得不要怕，你若出十分力就算我与平哥联手未必能比得过你。”

听孟红这么讲，梁明眼圈红了起来，孟红难得温柔一次，一见梁明这软弱的样子就又发起火来。“得得得，老娘又不是去送死，至于么，整得好像生离死别似的，我们就是去平阳城瞧瞧，几日就回，你看好家，碰到厉害的人物，丢三尾出去就好了，听明白没。”

话音未落，珠珠端着夜宵就进来了。“回哪里啊，红姐，你要走啊？”

周不凡赶忙冲着几人使了几个眼色，“哦，那个我让你红姐和平大哥出去办点事，几日后回来，红姐不放心正嘱咐梁明山庄的事呐。”

珠珠放下夜宵，给周不凡端了一碗，刚要给其他人也盛上一碗，就见几人借故匆匆都下去了。“不凡，你有事瞒着我吧。”

果然是心有灵犀，周不凡被这么一问，一颗汤圆卡在喉间上不得也下不去，不知如何回答：“珠珠，那个我是，哎，那个。”

见周不凡结结巴巴的样子，珠珠不怒反笑起来。“好啦，我又没有要怪你，既然瞒着我就是不想让我知道，不凡，我不会怪你，你是为我好，我知道的。”

一番话说得周不凡反而自责起来，也不知道该怎么回答。就呆呆地愣在那了。珠珠眉眼弯弯地又笑了起来，“别傻愣着，快吃吧，一会凉了就腻了。”

周不凡看着碗里的汤圆，圆滚滚的，安安静静地躺在水里，散发着淡淡的桂花香气。虽不浓烈，却又让人无法忽略。

第八章

平红离山探寻真相
珠珠梁明独迎大敌

第二日，天还未亮，红泉山庄大堂，孟红大瓶小瓶摆了一桌子，献宝似的摆在梁明面前。“这瓶是七香蚀骨粉，遇到打不过的就赶紧撒。这包是青鬼追魂钉，老娘昨晚一个个做出来的，若是有追兵就往身后投掷此物。还有这套袖剑，一共十八根，暗算时绝对防不胜防。还有这个……”

倒是周不凡听得头又开始疼了起来。“不过出去几天罢了，至于么，梁明这么大人了，你也该放手让他历练历练，要相信他，不要这么婆婆妈妈的。”

孟红瞥了一眼正在那里跟珠珠下棋的周不凡，冷笑一声回头对梁明接着说：“是啊，这小子说得对啊，三日后就是你替我给他最后一次拔毒的日子了，这瓶续命散是为以防万一，还有这瓶胡麻丹止痛的，之前是师姐我太护着你了，他说得对，我该相信你的，这些就不留给你了。”

“红姐，我错了。”周不凡立马回过神来从善如流。

孟红笑骂一声，丢了一个瓶子过去“最后一次拔毒了，这是冬眠散，拔毒前服下，你会假死三天左右，引得毒气借机在体内冲撞，再由我师弟用银针把毒气引出，服一剂再造散将被毒气侵染的几道经络复原就可以了。”

周不凡伸手把瓶子接住，道了声谢。

前一日，周不凡与孟红、二平商量再三，还是决定让他们一起去一趟平阳城，周不凡隐隐觉得这些事情来得似乎太巧了些，都赶在皇帝遇刺之后发生，都是些可大可小的事。其他事情都已经解决，查不出线索，唯一还有希望的就只有瘟疫还未完全消退的平阳城。原本是让梁明同二平一同前往，可周不凡想了想，还是让孟红去吧。

山庄外二平已经安排好手下，前几日他们三人在马头山杀了百十土匪，昨日里又在山庄外伏击了马天的队伍，此时的马头山依周不凡所讲必定是要赶紧招兵买马的，二平就借此机会把自己的人手一点点混进去。加上之前安插进去的人，如今的马头山已经有近两成的人都被换成了自己的人马。

等安排好这些，已经日出，一丝光亮伴着晨起的山雀在山间飞过，遍布的温泉被深秋霜气压了一夜被山风吹散，露出了这座山庄。

二平与孟红借着晨光和来送行的梁明与珠珠道别，周不凡在堂外露台，裹着厚厚的毯子，远远望着远去的二人自言自语道：“但愿是我多心，也但愿你们永远查不到真相。”

马头山，这里本是一个小山寨，依山傍水，前后靠近三条官道，两座城池，四通八达，山势险峻，易守难攻。马天这些年招兵买马，不断扩大自己的山寨，仗着有宫城内的靠山，在这里自立为王好不威风。只是鉴于刘公公告诫过他，势力不可过大，以免引起朝廷注意，几年间都是蛰伏在此为祸一方罢了。江湖上对这位声名狼藉的山寨大王也是有诸多传闻，有说他是武功盖世的江洋大盗，又有说他是心肠狠毒的势利小人。但统一的说法都是这个大王虽不是很厉害，但却是破烂的狗皮膏药一旦招惹就很难脱身，所以也没什么人愿意前来招惹。

只是最近几件烦心事惹得这位大王很是头痛，首当其冲自然是红泉山庄，两次交手后这个山庄实力不怎样却还是个硬骨头，非常难啃。山寨大王马天正坐在虎皮兽骨做的宝座上，一身戾气。身旁站了个账房先生似的老头，长得獐头鼠目，一把细碎的山羊胡，一双小小的眼珠乌溜溜地在不大的眼眶里打转，此人名叫赵西顺，本就是个猥琐的师爷，是个逃兵，算是这山寨老人了。“大王，依我看这红泉山庄规模不大，但里面高手众多，不如传书给刘公公借兵围剿，也好早点除了这碍眼的邻居。”

马天听着的确是有些道理，这红泉山庄的那个泼妇嘴上厉害，手下人装备精良而且还有几个高手，放眼山庄除了新进的几个人外只怕难有敌手。为保险还是给干爹写上封信，请些援军好了。

“大王，不可啊。”马天点点头准备传人写信时一个人突然出言阻止。马天望去，只见人群中一位翩翩公子站了出来。马天对他有些印象，是上月刚来投奔的一个弟兄。据说是个采花贼，这个人功夫倒是不错，为了拉拢给了他一个小头目的位置坐坐。

就见他身穿一身暗蓝色的锦缎长衫，腰别黑石玉佩，脚踩绣了蓝色合欢的黑靴，手持一柄镶了金边的分水山河扇，头戴紫铜七星冠。一面摇着扇子一面从人群里走了出来，确是个俊美公子，飞眉入鬓，一双桃花眼，抿一抿水色薄唇，加上一身得体的装扮，自然显得光彩熠熠，与身旁满脸横肉的土匪马贼更显得格格不入。他冷笑地看着高台上的马天与师爷。“师爷，您几次三番地陷害大王意欲何为？”

师爷一听立马吹胡子瞪眼起来。

那人也不急躁，等师爷骂完了，这才慢悠悠地讲道：“先是让咱们大王去给那红泉山庄讲和送礼，害的被伏击。现在又要咱们大王去朝廷搬救兵，如果刘公公知道大王连个两百人的小山庄都摆不平的话，刘公公会怎样想？”

马天一想的确是有道理，本来干爹交代刺杀的事就没办好，自己好不容易才逃了回来，如今再去求援难保干爹会觉得自己没用，若是没了朝廷撑腰自己在江湖仇家这么多，寻起仇来的确是要了亲娘的命。眼前这个人还真是有那么几分谋略，不妨听他怎么讲。

师爷在身边依旧不依不饶地骂着，那位公子就面带微笑地站在那，摇着扇子任师爷骂也不还嘴。“闭嘴啊你，他娘的吵死了。”马天伸手就是一个耳光抽得师爷原地转了几圈，可怜巴巴地闭了嘴。再看着站在台下的那位公子，“那你倒说说，该咋办！”

那人摇着扇子。“大王，我们人多势众，那红泉山庄，不过是澡堂子改炮楼，就算有那么几个高手，双拳难敌四手，大王我们身处马头山，易守难攻，大王又有这么多人马，我们就慢慢跟他们耗下去，又有何惧啊。”

马天听来，这人说得慢条斯理，却是句句都说在点上，这个人不仅功夫好，脑袋也是灵光，看样子是个人物，便出口问道：“你叫啥名啊。”

那位公子摇着扇子说道：“镶金分水扇，花间风流探。在下车无缘，夜夜沐合欢。车无缘便是在下。”一身暗蓝色的衣服闪着光芒。

马天想了起来，这个人自称是江南一带的采花大盗，因为被官府缉捕，走投无路这才逃到了他的山寨，曾经有几个不开眼的手下觉得这个花花公子奇货可居，想从他身上捞点油水，却没想是个硬手。正巧二当家数月前走水死在了京城，既然他的功夫那么好，那干脆就他立为马头山的二当家。但这个人毕竟来路不明还是小心些好，攻打红泉山庄一事还是由自己和几个心腹来谋划好了。至于这个来路不明的车无缘，给他个二当家的虚名，还是把他留在身边好好观察一阵来的保险。

马天带着师爷和几个心腹鬼鬼祟祟去了后堂商量了许久，最后决定先招兵买马，三日后去灭了红泉山庄。

只是第二日就是周不凡服下冬眠散的日子。那一日梁明早早就备下了各式药粉药水，瓶瓶罐罐摆了足有几张桌子。周不凡躺在那里看着梁明紧张的样子，好像要拔毒的不是周不凡反而是他自己一般。原本孟红走的时候将拔毒一事讲得再详细不可，梁明生性谨慎小心，又私下问了好多遍，听得周不凡觉得自己都会给自己拔毒了。

珠珠在一旁看着梁明这般声势浩大，不禁也紧张起来，倒是周不凡看上去却很轻松，一面吃着珠珠做的汤圆，一面宽慰着珠珠："不要紧的，如今只剩最后一道毒气了，只是这最后一道毒气藏得比较深罢了，需要假死逼得毒气冒头才能拔除而已。放心吧，没事的，红姐善毒，梁明主攻医术，他的解毒法子定是万无一失。"

梁明听到周不凡夸他，回头笑了笑，突然一拍脑门："哎呀，我的银针还在房里忘了取，哎呀呀，这可怎么办，我这就回去取来，你们再等等啊。"

珠珠本来被周不凡宽慰得差不多了，见梁明慌慌张张的样子实在是很难放心，回头再看周不凡，他已经气得翻起白眼来了。其实再想想孟红这火爆脾气多半也是因为这梁明不温不火的性子吧。珠珠摇头叹了口气，真的跟红姐讲的一样，梁明的确有逼人发火的卓越天分在呢。

等着梁明真真把一切东西准备好了，又不耐烦地点了数。周不凡与珠珠已经是如坐针毡，看着梁明一遍遍地在那准备应付各种意外情况，周不凡也是脸色越来越黑，眼看着就要发火。梁明这才深吸了一口，“好了好了，万无一失了。周大哥，我们可以开始了。”

梁明让周不凡饮下冬眠散，待药效发作再由梁明在虎口放血，珠珠在一旁看着不停地说：“轻点轻点啊。”梁明听了颤抖着在周不凡虎口刺了几针，但都不敢刺得太深，只是稍微刺破点皮罢了，见着梁明这般小心的扎法何时才能放出血来，珠珠又心疼地说：“算了，还是狠点罢。”梁明得了特赦，这才狠下心刺了两针放出血来。珠珠不忍再看，干脆退到门口守着，不再往里看了。没了珠珠在一旁，梁明压力少了一半，心里轻松不少。犹豫一会后将周不凡翻过来后背朝上，在肩井两穴，风门两穴先刺入四支银针，待银眼发黑，再由哑门、风府各一针。就见先前发黑针眼处一道黑气沿着银针向上蔓延直到整根银针变成黑色。梁明此时已经满头大汗，梁明再深吸了两口气，一甩袖口就见一道五彩光芒从袖口射出在屋内上下折返，最后在周不凡背后落下，正是梁明护身的法宝三尾蝎子。三尾伏在周不凡背上，三根尾巴上下飞舞很是兴奋的样子，就见那四根银针上的黑气似乎被三尾吸引，源源不断地朝它口中飞去。不过片刻工夫四根银针由黑又转为了白色，三尾见没有毒气可吸，这才恋恋不舍在屋内折返了几道飞回了梁明的袖管。

梁明又仔仔细细查看了一番，确定毒气已经吸光。这才长出一口气，回头朝珠珠喊道："珠珠，成了。"

珠珠在一旁从头守到尾。好不容易等到梁明大功告成，赶紧上前细细查看了几遍。只是周不凡冬眠散未解还是沉睡不醒。梁明又取了再造散让珠珠喂周不凡喝下。假死三日，再造经络，醒来后就再无大碍了。

等这一切忙完，天已经蒙蒙亮了，梁明看着日出长长出了一口气。"总算忙完了啊！"刚伸了懒腰，就见一只乌鸦似的鸟朝他飞来，飞近一看原来是只海东青。只见它飞到梁明身边绕了两圈，开口人言口气却是轻浮得很："明日傍晚，马头山的人就要来了，美人不在，你们自求多福吧。"

珠珠在堂中刚坐就见梁明慌慌张张地跑进来不停念叨着："哎呀这可怎么办啊。"珠珠问清了原委，回头看了一眼还在昏睡着的周不凡叹了口气，周不凡从小到大一直护着她哄着她，如今突遭变故卷进了这些麻烦事。

珠珠已经换上了战甲，手拿银枪。身边是换上一身白衣的梁明。珠珠看了梁明一眼，又把红姐给他做的那身衣服穿上，看得出来梁明很爱护那身衣服，平时都舍不得穿。梁明第一次作战，小脸煞白，看得出来紧张得很。再看珠珠，已经气定神闲在排兵布阵了。不由问了一句："珠珠啊，你怕不怕啊。"珠珠倒是笑了笑，拍了拍梁明的肩膀："保护对自己重要的人，有什么好怕的。"回头看着还在熟睡的周不凡，"曾经都是不凡护着我，这次该换我保护他了。"再往外看了一眼，掐算时辰，已经快到傍晚了。珠珠看了眼梁明，"梁明，你就守在这里吧，以防万一。"

梁明知道珠珠是怕他怯战给他台阶下，周不凡说过，两军交战时第一站只是试探，没有十足把握绝对不会倾巢而出，上次马天吃了大亏，心有忌惮，所以此次最多三百左右人马而已，以二平留下的人手加上珠珠调来的平阳军，对付这帮家伙绝对绰绰有余，不必担心。当日师姐也多次吩咐过，如果马天打了过来，一定要出去打一次，不能让珠珠一个人上阵，眼下山庄硬手只有梁明一个男人，绝对不能让师姐失望才行。想到此处，梁明心一横又抖了抖袖管，把三尾放了出来说道："珠珠，我把三尾留在这，放心吧。"

珠珠刚想说没了三尾你怎么办，却见梁明似是下了决心的样子，也就没说什么，问了句："那你的兵器是什么呢？两军对垒，场面混乱不可用毒。"梁明笑了笑，"我曾跟师父学过几招剑术。"

珠珠拍了拍梁明的肩膀，"梁明，这我也是第一次实战。"梁明瞪大了眼睛，珠珠笑了笑回头望了眼山庄。“我从小在诸葛府，事事都是不凡护着我，照顾我。记得有一年我生病了，他一直陪着我，家也不回，睡在门口的长廊，睡了几乎一个月。病好后我俩一下子瘦了好多，好像他也病了一样。后来不凡他就天天给我买吃的。他一天算命下来不过几个铜板而已，偏偏要去买城里最贵的杏藤林的蜜饯，生怕便宜的我吃不惯，可他干一天有时一小份都买不起。后来我说我想吃炸糕，两个铜板一个而已，不凡就天天给我买炸糕。他看我吃的香，他就开心。他一开心我就跟着开心起来。现在不凡病了就跟当初我病了一样，只是现在换我来护着他。梁明，你也要加油，总有一天你也要保护别人的。”

这时一个士兵急急忙忙地跑来，“马头山的人已经到山脚下了。”珠珠回头又看了周不凡一眼，回头喝道：“出庄迎敌！”

庄门外珠珠提枪上马，青甲银枪。梁明则是带了二平留下的人手组成一队斥候，借着树影蛰伏在两旁的山路上准备策应。珠珠临走时吩咐，只许不败，不可获胜，打跑他们即可。看着山脚下马天的人马浩浩荡荡朝着珠珠的方向去了，梁明手心不自觉冒起汗来。就听前方信笛传来，梁明提着剑如一道白色闪电一般冲下山，抄了马天的后路，而前方的珠珠带着平阳军正面迎敌。

第九章

平阳归来真相初现
珠珠负伤难再隐瞒

周不凡醒来时，大战已经结束。一睁眼就看到梁明守在床边头一点一点的，看上去是困得不行了。梁明见着他醒了，赶紧叫了珠珠过来，二人说了马天带人来袭的事，周不凡又问了问作战死伤，一一核对了下，果然和自己推演的八九不离十。这次只是试探罢了。珠珠又给周不凡下了汤圆扶他吃了，这才下去休息，倒是梁明站在一边欲言又止，最后叹了口气也下去休息了。就这样平安过了一日，二平带着孟红回来了。周不凡叹了口气："该来的还是来了。"

周不凡只说了句不急夜里再讲，让他们先下去休息。孟红知道马天带着人马来过，则是拉着梁明上下打量了好久，末了才拍着胸脯道："吓死老娘了，你啊，逞什么能，幸好没什么大伤，不然老娘非扒了马天的皮不可。"完了又嚷嚷着想吃酒酿圆子，梁明应了一声就奔厨房去了。二平倒是沉着，问了手下这几天庄里的事和探子报回来马头山的动向，就去和周不凡商量接下来的事情。直到入夜，孟红理好思绪才说出了她在平阳城所发现的东西。

只见她取出一只羊皮水袋递给梁明，梁明打开闻了一下，脸色大变，难以置信的样子又喝了一口。孟红赶紧上手去挡，但梁明手快还是尝了一口。梁明摇摇头笑了笑，意思是自己没事的。两人对视一眼，沉默无言。周不凡开口问道："似曾相识是么？"

孟红摇摇头，原来她同二平到了平阳城，孟红以女医为名给那些得了瘟疫的老百姓医病，来来回回看了好几个，因为瘟疫已经差不多快要平息，病人的脉象也逐渐趋于正常。好不容易才找到一个孤儿，他无父无母得了病也无钱医治，等二平和孟红找到后已经病入膏肓，回天无力，只剩了一丝气息。孟红把脉后才确定，这根本不是天灾瘟疫，而是中毒。只是孟红对此毒知之甚少，单从脉象根本不知道是什么毒药。两人只好从这个孤儿家中所接触的东西一个个查起，最后在见底的水缸里找到了中毒源头。即是水中毒，那么要让这么多城民一起中毒那只有在水中投毒了。他们又连夜查了城中十二口水井，果不其然，虽然井水中的毒已经解了，但投毒时还是有少许药粉粘在井壁，这才被孟红发现。

梁明刚才闻了一下，又尝了一口。这味道曾经给他的印象太深刻了，一下子就让他想起了此毒的出处，正是出自他与孟红的师父之手。孟红起初也只是怀疑，但能对药粉剂量掌握得这么有分寸的人，除了他师弟以外只有恩师。两人低头不语，当年梁明不满十岁，孟红也不过十四岁，还带着她的妹妹跟着师父走南闯北，在京城小妹和梁明突然染病，最后梁明挺了过来，小妹却夭折了，师父也不知所踪。年少的孟红带着梁明在京城苟延残喘，如不是二平带着人把他们救了下来，只怕他们都活不到现在。

周不凡听来，心有所思。也不说话。想了半天开口道："你有师父，红姐也有师父，我也有师父，还都失踪了，真是巧，不如我们把师父失踪的年月写在手心对上一对。"

三人各自在手心写上年月，合在一起，伸开手掌一对。孟红笑道："哈哈，小子你师父这么早就不见了啊，比我们足足早了好几年哪。"周不凡脸色一变伸出另一只手，失踪年份与他们一模一样，甚至连月份都同二平一样。原来他一只手写的是孙半仙将他送进诸葛府的年月，另二只手写的是孙半仙第二次失踪的年月。

周不凡见孟红倒是很高兴的样子，毕竟这么多年终于找到了师父的线索。但对应的梁明却看不出丝毫喜色，反而是直冒冷汗，与其说是激动不如说是害怕。这些周不凡看在眼里。"好了，既然咱们知道平阳城是怎么回事就行了，眼下专心对付马头山吧。"

马头山上次试探，珠珠按照周不凡交代故意露了山庄的底，如今马天一定是信心百倍等着下次一举拿下，所以下一次的大战可是很难对付。不过眼下二平和孟红已经回来，还是小心筹谋一番吧。

孟红听到周不凡谈起马天反而破口大骂起来：“这个该死的马天，欺负老娘的师弟还打伤了珠珠妹子，老娘下次一定饶不了他。”二平和梁明听了都是脸色一变，珠珠受伤的事千叮咛万嘱咐不能让周不凡知道，可孟红这个急性子一不小心就说漏嘴了。周不凡听了却还是冷静的样子，他直起身来：“红姐，你带我去看看吧，这几天她装作没事一样，只怕伤得更重了些。”说罢就往珠珠住处去了。孟红知道自己说漏了，难得性子软了下来，老老实实跟在后面不再多嘴。

梁明每天在珠珠睡前都会喂她吃下疗伤的汤药，如今伤势已经好了大半。周不凡带着孟红在房外远远看了一眼，明明知道伤势没什么大碍，但心里就是闷闷的不痛快，非要过来再看上一眼。孟红跟在后面也没说什么只是小声地宽慰了几句。

那日珠珠在正面与马天的人马交锋，对方好像只是试探，并没有纠缠，不过片刻工夫见成事不足就有了退意，边战边退，珠珠趁胜追击，待追到山庄下一条河边，正过河时珠珠想起曾经周不凡讲过，追兵有三不追，遇林不追、遇山不追、遇水不追，于是调转马头就要回去，谁知马天在水中藏有伏兵，出其不意将珠珠先头马队与后方隔断。珠珠他们骑在马上，又正好在桥当中，对方则是在水中，马队兵刃不及伤不到他们，但下马后又必受伏击，一下子乱了方寸，阵形垮散。还好前头梁明带着的斥候及时杀到，他们都是二平带来的江湖高手，与对方斗在一起。珠珠这才抓住机会带上仅存的马队冲下了桥，只是转身时被水中射出的钩爪勾了一爪，伤到了肩膀。好在只是伤到皮肉没什么大碍。

周不凡回到大堂，几人默不作声，也不知道该讲些什么。周不凡摇了摇头，让二平和孟红回去休息。把梁明留了下来，说要让他把那日马天是如何进攻，如何撤退，又是如何偷袭在地图上再给他推演一遍。梁明只得留下陪着周不凡推演了几遍。周不凡觉得奇怪，这马天不过一个山寨大王，打家劫舍是他老本行，这排兵布阵又怎么这样得手。越推演越是心惊，梁明与珠珠这次全凭误打误撞，若不是因为梁明那支斥候都是江湖人，各自有些不同的本事傍身，才能击退那些水中的伏兵。若只是一队普通斥候，只怕不光梁明有去无回，珠珠在桥上也是凶多吉少。大意，他太大意了。光想着马天不过是个土匪头子江湖人，没有料到他居然对行军打仗也有一套办法。越想心越乱，若不是他昏迷不醒，一定会更小心仔细的，那样珠珠就不会受伤，若不是他把珠珠卷进来，她就不会受伤了。若不是梁明及时赶到，若不是那支斥候本领高强，若不是……想到此处，周不凡冷汗直冒。若是珠珠不在了，是啊若是珠珠不在了怎么办。

“梁明，你说如果不是我的话，珠珠是不是就不会受伤了。”周不凡眉头紧锁。

梁明摇摇头，想要宽慰又不知如何开口。

周不凡看着眼前的棋盘，摸着珠珠给他刻的棋子，“我懂得怎么看破别人的圈套，懂得怎么从圈套里逃出来，但我从未想过要牺牲任何人。我只是想保护你们啊。”不知不觉眼泪就流了出来，当知道珠珠受伤时，心上似乎被刺了一剑，再想起珠珠这几日故作镇定瞒着自己，陪着自己。在珠珠门外远远望过去的时候，他又那么害怕起来，万一伤口还没好怎么办，万一伤得比较重怎么办，即便孟红来的路上不停说只是轻伤，但他的心就是像掉进无底洞一般不停地猜测，自己吓自己，自己折磨自己。“梁明，你说我该怎么办，如果我保护不了她怎么办，我现在自顾不暇，我只会防守，不能反击，我是不是很没用。”

梁明从怀里取出一个葫芦放在周不凡面前，“我是个很胆小的人，也没什么主见，遇到事都只会找师姐，动不动就喊，哎呀，怎么办啊，师姐师姐。”梁明笑了笑，指了指眼前的葫芦：“你知道这是什么？这是苍猞猁幼崽的骨髓，师姐偶尔会有梦魇，这个解梦魇最好。我知道自己笨，也没什么大本事，但这是我能给我师姐做的。苍猞猁的幼崽就像小猫一样，而我却让三尾杀了它们，然后取出骨髓来，晒干磨粉做这个东西。很难想象吧。我想让师姐过得好一点，至于这些苍猞猁，它们是能让师姐过得好的东西，我不在乎。如果你不能保护她，那么就让她避开这些危险吧。至于这些棋子，我不懂。但我知道你很厉害，我相信你，师姐、平哥、珠珠，我们都很信任你的。”

周不凡摆了摆手，让他回去休息。他重新回到榻上，看着眼前的棋局。这只是他的棋局，他的棋局也不过是别人棋局中的一枚棋子罢了，好在他此刻还有那么点主动权。伸手从他这一方拿走了一子，本来胜券在握的局势立马就变得凶险异常，周不凡拿着那枚棋子犹豫了好久，罢了，死就死吧。珠珠从小对我不薄，不能让她再出事了，即便是有她相助赢了这局，一旦卷得太深就再也脱不了身了，她本就不在这盘棋上，如今还是撤了吧。想到此处，周不凡将那枚棋子拿到眼前，是只顶着绣球的小老虎，珠珠亲手刻的，当时周不凡说自己棋盘上少了一子，珠珠便执意新刻了一个图案添了进去，说本来顶绣球的应该是狮子，但既然是给不凡用的那便用老虎代替好了，取一个逢凶化吉的好彩头，另外图案轻松些，这棋局上的戾气也少了几分。周不凡看着那枚棋子，“我们可能本来就是这棋子，可你不是，只有你不能有事。”自言自语后就把那枚棋子贴身装了起来。再回头去看棋局，他凭空少了一子，大势已去。当真回天乏术了么？

不行，还不能放弃。起身给自己倒了杯冷水泼在脸上，又拍了拍脑门，再想想再想想，一定能有转机的。瞥了一眼废棋，李进忠？可即便再拉他上场，推演许久最好的结果也不过是他周不凡与刘公公同归于尽罢了。推演了一夜皆是死局，难道这就是他这盘棋最后的结果了么。

周不凡往旁边扫了一眼，梁明的葫芦留在那里。

一个想法突然浮现出来，他把棋盘上自己的棋子全部拿掉，顶着对方。如果只是防守根本不够，如果要进攻的话实力不够。那便要牺牲一些东西了。一直以来周不凡小心翼翼生怕哪里没有考虑周全，他要提防的人太多了，刘公公、马天、皇帝、李进忠。不止如此还要防着神龙坚守不坚守那些人，那些真正下棋的人。如果他是下棋人，他这枚棋子该怎么走？想到此处突然脑中似乎开了一扇门，冷笑一声，重新排起新的棋局。就像梁明说的那样，不于自己有益的人，留到最后又能怎样，但如果没了他，能完成自己的计划的话。周不凡想到此处拿起一子向前一步，叫吃。没了这一子，整个棋局都变了，说不定真的可以赢，只要自己够狠。要比刘公公还要狠，下这盘大棋的人一定很了解他性格，他个性平和，凡事懂得为别人着想，最害怕被别人讨厌，记恨。只是，即便是只温和的小老虎，也是有獠牙和利爪，也是会致命的。

周不凡默默拿走了棋盘上一个棋子，那是他要保护的人。保护她最好的办法，就是不要让她出现在棋盘上。

就这样又过了半月，其间马天的人来骚扰过几次，孟红闲着没事做就带着人陪他们满山转，没啥损失倒也给了马天一些苦果子吃。二平则按照之前的路子。只要马天哪里有损，就立马用自己的人补上，半个月来马天的马头山已经有四成人马都换成了自己的人。周不凡则是天天研究他那盘棋，珠珠在一旁陪着，她知道受伤的事被不凡知道了，两人心里都憋了一点劲，说不出的别扭。孟红每次退了敌，都要回来再跟周不凡在地图上演练一遍，周不凡确实是小瞧了他，若是在军中，马天单凭这几战足够混个副将了。不过好在他懂得虽然不少，但都不精，真要对付起来只是稍微麻烦些罢了。

这一日，周不凡估摸珠珠伤势好得差不多了，递给她一封书信，说一定要亲自交到诸葛大人手上，绝对不可假手他人，最后成败就在这封信上了。珠珠见周不凡如此慎重，赶紧把信贴身装着，要了匹快马就要回京。临行前周不凡递给她一个包裹，说是炸糕，路上饿了吃。又千叮咛万嘱咐，路上一定要小心，遇到刘公公再不可那么胡闹赶紧躲开。待珠珠骑马刚出了庄门，周不凡又追了出来，递了一枝红珊瑚簪子给她，他专门在孟红那要了块红珊瑚，刻了好久，又问梁明要了些三尾翅膀上的五彩粉末。只见是个红金鱼样子，圆鼓鼓的，鱼鳍刻得极为生动，身上还坠了两串红珊瑚珠子，整支簪子刻得又生动又可爱，还用明漆混着粉末裹了一层，看上去闪着鳞光仿佛活的一般。又嘱咐道，回去不要和诸葛大人吵架，不要这样，不要那样。珠珠笑着听了把簪子揣进怀里小心收了，这才走了。那天周不凡站在门外一直看着珠珠的背影，越来越远，时不时珠珠还会回头看过来，周不凡总是笑着摆摆手，渐渐远了看不清了，直到消失不见。

晚上周不凡坐在堂上掐算着时辰，两日前他让二平带话给李进忠，说有要事让他前往滕州密谈。按着脚力与路程，今夜就要到了。堂下孟红、梁明正在那陪二平打牌，呼呼啦啦的。周不凡也不管他们，只是饶有兴趣地看着，一会她输了赖账，一会他又输了被画了鬼脸，打打闹闹的给周不凡也带来些活力。刚没几圈，梁明眼见整张脸都要涂黑，外面来人报，李进忠来了。周不凡赶紧收了笑脸，让二平带着他们去屏风后躲着，他要好好跟这位李先生谈一谈。

李进忠被下人引进了大堂，周不凡再看他时已经不是当初离京时那个落魄有钱人的样子，李进忠此次来神采飞扬，腰板挺直，步子迈得稳健，看起来精神得很，但一开口还是一副含了火炭似的沙哑嗓子。周不凡前辈长、前辈短的寒暄了一阵子，李进忠也是贤侄长贤侄短的客套起来。待这些场面话完了，尽了。两人才直奔主题。听得孟红在屏风后直翻白眼，婆婆妈妈真真是累得慌。周不凡给了他三块牌子"大理寺""刑部""都察院"，要让李进忠务必在一月内打通关系，若掌事无法收为己用，也要确保他们手下都能给行方便。李进忠摇摇头说，只怕再方便也不会有私自放人的方便。周不凡笑着摇摇头，倒也不至于那么方便，让李进忠只管照办即可。第二件事，让他尽快在厂卫处培植自己眼线，尤其是刘公公身处的厂卫书房，这是关键必须做到。李进忠点点头，这倒不是太难。接下来呢，周不凡说只要他把这几件事办好即可，剩下的以后再说。李进忠临走前，又问了句："贤侄这次除掉刘公公有几分把握。”周不凡行了一礼，“前辈放心，即便我不能脱罪，我也要与那阉贼同归于尽。”李进忠这才回了一礼，大摇大摆地走了。

孟红一行人待李进忠走了才从屏风后出来，孟红望着李进忠远去的背影，狠狠呸了一口，嘴上不留情面碎碎念地骂了几句。二平和梁明反而宽慰起她来，毕竟现在是同一个阵营的怎样怎样。二平诧异，怎么孟红对着李进忠有这么大芥蒂，不就是被穿心锁困过一次，孟红虽然生性泼辣，但从来也不是逮住别人一点过错就会记仇的人。孟红也说不上来，反正就是讨厌，就是看不惯。周不凡笑了笑说道：“平大哥，梁明，枉你们跟李先生打了这么多次交道，看人居然还没红姐敏锐。”

几人不解。周不凡又问道：“你们平时提起刘公公，是怎么称呼的啊？”

二平：“阉贼。”

梁明：“变态。”

孟红：“死太监。”末了又加了一个“等。”

周不凡再问：“那李进忠平时谈起，称他什么啊。”

几人这才恍然大悟，异口同声：“刘公公！”

周不凡笑道，红姐性子直爽，虽然行动有时冲动了些，但也就因为她的直爽，一些细节如果让她不爽，她就会表现出来。反倒是这几个人里反应最快的人了。

“好了，散了散了。近几天马天应该不会来捣乱，这么长时间损失这么多人，怎么也要缓上个把月。来滕州这么久了咱们还没逛逛，你们别看这里地界不大，但各行各业的匠人们却不少。明日咱们一起去逛逛吧。”周不凡一边伸着懒腰，一面朝二平看过去，“平大哥，你留下帮我看点东西。”

一听说明天能进城逛，孟红一下子就精神起来，在这山庄窝了那么久，还没好好去滕州逛逛，听说滕州的珠宝工匠很多就是从宫里出来的，手艺好得很，明天可是要好好打扮打扮才行。开开心心地拉着梁明就下去了。

另一面的京城，诸葛珠珠风尘仆仆将信送到了诸葛明手中。诸葛明打开信看了几页，脸上一阵白一阵红，末了点点头将信烧掉。珠珠则是站在一旁，见诸葛明把信烧了也没有要回信的意思，于是就问了句：“爹爹，不凡说什么了？不用回信么？我这还等着回去呢。”

诸葛明阴沉着脸：“回去？哼！来人啊！”

话音刚落，冲进来几个侍卫，诸葛明朝珠珠一指：“把小姐带回内院，严加看管，不许她与周母离开半步！”

几个侍卫都是一愣，啥？把小姐关起来，咱家这小姐从小不都是放养的么？诸葛明见侍卫还是不动，又大声骂了几句，侍卫这才反应过来，把珠珠架了出去。

珠珠倒是不闹，也不顶嘴。路上她几次想把这封信拆开看看，是不是不凡怕自己再受伤所以写信让他爹把她关起来。好几次想调转马头算了，但都忍住了。

你既让我走，我就走，我在家等你回来。

第十章

周不凡滕州露行踪
诸葛明京中后捕蝉

第二天一大早，孟红和梁明驾着马车就在山庄门口吆喝起来。二平换了身侠客装扮，周不凡则是一夜未睡的样子，上了车就开始瞌睡。

一路颠簸，如今又刚入冬，山庄一带倒还好说，毕竟温泉地气暖，空气也湿润。这一下了山立马干巴巴地冷了起来。孟红一面哈着气，一面计划着几天要逛几条街，要买多少首饰，要花多少银子。梁明则是偷偷从平大哥那要了点银子，也盘算着要买什么。

不过两个时辰左右，他们就进了滕州城。孟红一下车就像一条红鲤鱼回到了湖里“嗖”的一声没影了。梁明说他也想去逛逛，问二平要了张地图也走了。周不凡没什么好逛的，就陪着二平逛了几家兵器铺。

别说这滕州地界不大，但东西却着实不错。看着看着，周不凡就被一把剑吸引住了。店家赶紧介绍：“公子好眼力，这是硫黄剑，剑长两尺六,一共五斤三两。因为铸剑时用的温泉水和硫黄，所以拔出剑就会有硫黄味。这是把药剑，妙就妙在，刺伤了人，伤口在夏天也不会感染，闲着没事挂在屋里还能驱虫呐。”二平和周不凡都觉得有趣起来，一件兵器不就是为了伤人么，哪里还会有人用药铸剑，用毒药还差不多吧。不过确实新奇有趣。问了价钱，二平大大方方地付了银子，说送给梁明好了，他也没个称手兵器。店家高高兴兴收了银子，一面帮着把剑开了刃，一面说：“大侠有眼光，这铸剑师说啊，凡事要留有余地，要给自己留条后路，所以才铸硫黄剑。为的就是这个意思。”

买了剑，周不凡又逛了几家书楼。也没什么买的。看了看时候不早了便同二平一起去了之前约好集合的酒楼。点了几道菜坐在二楼吃茶看风景。眼瞅着孟红大包小包提了一大堆从远处过来。

孟红这一天可是好好过了一把有钱人的瘾，凡是看上的就买，别人夸她用着好看的也买，有用的买，现在没用但保不齐以后用得着也要买。眼看着就要到约定好碰头的酒楼了，回头看了一眼。心里骂道，挑的什么鬼地方，对面正好是家妓院。

周不凡提前挑好的酒楼叫醉腾楼，是滕州最大的酒楼，地处繁华闹市，交通便利。不巧正对面起了一座一模一样的叫醉春楼，是滕州最大的妓馆。孟红刚到门口，正撞见对面妓馆出来一位公子哥，打了个照面。那人估计以为孟红是这妓馆里的人，把孟红拦下行了一礼。“这位美人哪里去啊？”

孟红瞥了一眼，此人样貌俊美，一身蓝色长衫，拿着把镶金扇子拦住她去路，一副纨绔子弟的样子。眼下正是闹市，人多眼杂，不想动手，于是狠狠瞪了一眼，准备绕过去。那人却还不放过，转身伸手又是一挡。孟红这下是真的发火了，一张嘴就见口中星光一闪，几道毒针就朝那人脸上射去。谁知那位公子也是有些功夫，挥手一挡，就听“叮叮”几声脆响，毒针尽数被纸扇打落。就见那人也不吃惊，一脸轻松地说：“蛇蝎美人，美人蛇蝎，越毒的就越美，果然名不虚传。”这么近的距离，居然都被他挡下，看起来是个高手，孟红刚要发作，见梁明从不远处跑来，师姐，师姐的叫着。那人见孟红来了救兵，也不再纠缠，在孟红身边一晃就没了身影。

孟红上楼，愤愤地讲了刚才的事。周不凡宽慰了几句，说红姐您那是因为太美，所以难免会招惹些纨绔子弟，不要放在心上啦，这叫什么，这就是美丽的代价。被周不凡这甜嘴夸了一顿，孟红火气消了一大半，心里想着，是啊，都是因为自己长得太美。这么一想就开心起来。又高高兴兴地打开包裹，展示着自己今天的战果。杂货店似的铺了一桌子，有衣服、首饰、摆件、干果蜜饯之类，献宝一般。二平则是掏出新买的硫黄剑送给了梁明。梁明打开看了一番喜欢得不得了，好好谢了一番，然后掏出一对凤血石做的镯子，红白相间甚是好看，递给了孟红，“师姐，这是给您挑的，上次在京城见您看来着，这回我正好看见就给您买来了。”孟红高高兴兴接过镯子：“还是我家师弟对我好。”说罢，就戴在手上好好把玩起来。

周不凡微笑看着这三个人你来我往送着东西，这便是家人吧。彼此惦记，关心着。不管什么事只要他们三个人在一起，总是能过去的吧。想着他们的身世也是同他一样，在别人眼里不过是棋子罢了，但他们与自己不同。他们有彼此，互相依靠，而自己呢，从小便孤苦伶仃，没有朋友，也没有兄弟姐妹，好不容易有了个师父，但结果呢，反而把他当作棋子一般利用，这些日子险象环生一步都不敢走错，是啊，他只有一个人罢了。刚想得出神，手上就多了一物。

孟红塞在他手里的，是一个玉坠。淡绿色冰晶似的透着水光，刻的是个葫芦，葫芦上趴着一只小老虎，憨憨地抱着葫芦闭着眼睛，睡着了一般，刻得极为生动传神。“这个是给你买的，老娘挑了好久，也不知道你小子平日里喜欢什么，看你平常老盯着那盘泥鳅老虎旗发呆，又不爱睡觉。就给你买了只小老虎戴着替你睡。怎么样，老娘眼光不错吧。杀价好久呢。”

“师姐，那是龙虎棋，不是泥鳅老虎棋。”梁明纠正道，也从袖管里拿出一个小瓷瓶。“这是我买的，鼻烟壶，里面装的是洋烟土混着松末还有合欢鼠尾草，安神的，平常累了可以闻闻，但可不能经常用啊，容易上瘾的。”说罢也递到周不凡手里。

周不凡拿着这两样东西，再看面前还在嬉闹的三人，心里一下子就暖了起来。是啊，即便是棋子，他也不知不觉融入了这三个人的世界，他不再是一个人了。眼前的三人不正是他的伙伴、朋友么。刚道了一声谢谢，准备也开些玩笑跟他们闹一下，就见有人拍了拍他肩膀打断了他们。几人后头看去，是一个身穿兽皮猎户模样的汉子，长得五大三粗，满脸痞子模样，右脸还有一道疤痕。

那人一见周不凡就笑着吆喝起来："大王，您不是在山寨么，怎么突然跑到滕州来了。车老弟，二当家的！车无缘！你快来啊，大王也在这里。”

闻言几人就是一愣，好死不死怎么居然就碰到了马头山的土匪，看样子痞子脸是把周不凡认作马天了。

就见那痞子脸身后走来一人，一身蓝衣，摇着纸扇，翩翩公子的模样与痞子脸站在一起格格不入，全然是两种气质，正是方才在妓馆门口戏弄孟红的那位公子。

那人看了周不凡一眼，摇着折扇走了过来，一边走一边道："大王啊大王，叫了美人怎么也不告诉我车无缘和三当家一声。”说罢坐到孟红身边直勾勾盯着孟红的脸道："美人儿啊，美人儿，我们真是有缘分啊。三当家，这就是我方才跟你提起的美人。”原来此人正是马头山新进的二当家车无缘，跟他一起的痞子脸想必就是三当家了。

三当家朝孟红看去，哎哟，确实是个美人，但怎么这么眼熟，越看越眼熟，妈呀，这不是那个母夜叉么？“车老弟，她是红泉山庄的庄主！”

周不凡眼光一寒，孟红心领神会抬手就是几毒针朝三当家射去，车无缘赶忙挥扇子一挡，把三当家拉到一边。二平掏出刀来：“周不凡！怎么办！”

三当家闻言，“周不凡？！这不是我们大王，车老弟我们快走！”说罢拉着车无缘就往外跑。他可是领教过这母夜叉的厉害。

周不凡对着孟红赶忙喊道：“红姐，快杀了他们，不能让他们活着回到马头山。”若是马天知道眼下与他缠斗的是周不凡，那一定会告诉刘公公，所有计划功亏一篑。

孟红听了，抽出一根红色飘带，缠住木栏，从二楼飞身跳下，在门口拦住他们二人去路，与他们斗在一起。三当家不足为据，但那个车无缘就没那么好对付了，几次杀招都被他挡开。这时二平、梁明也赶了下来，孟红敌不过那车无缘，只见车无缘蓝衣舞动，一把山水扇舞得出神入化，孟红虽然掌法凌厉，身上暗器毒针无数，但依旧被压制得无法翻身。而对方不紧不慢反倒戏弄起她来，一会儿拿了她的发簪，一会儿又从她身上取走一块锦帕。二平与梁明见状赶紧上前支援，三人中二平功夫最好，一加入战局，车无缘就吃力起来，再顾不得三当家。赶忙回头喊道：“你快走，这里我挡着。”

三当家闻言赶紧要溜，却又被梁明拦住了去路。梁明拿着刚得的硫黄剑提剑便刺，但毕竟江湖经验不够，虽然占了上风，连刺带挑，但都没打中要害。

车无缘以一敌二，虽不落下风但也无心恋战。眼看一边三当家就快抵挡不住，一挥扇，几只蝴蝶铁镖就从身上飞出，就见这蝴蝶镖极其诡异，一分二,二分四，打至面前已经密密麻麻飞出一片，孟红二平两人赶忙阻挡。车无缘得了空，飞身前去支援三当家，孟红见状丢了几支毒镖过去，车无缘闪身一躲，毒镖不偏不倚正打在三当家身上，三当家怪叫几声露出破绽又连着被梁明刺了几剑，打倒在地，脸色发黑毒气上涌。车无缘又赶紧丢了蝴蝶镖逼退梁明，拉起三当家点了他几道大穴封住毒气。拉着他飞身跃上屋顶，几番跳跃不见了踪影。地上只留下一支发簪和一方手帕。

孟红走过去拿起一看，分明不是从她身上拿走的那两件。一支是蓝宝石的发簪，锦帕也是淡蓝色的。一定是那车无缘留下的，这个人功夫不在二平之下，刚才与她打斗时也留几手。打开锦帕一看，边角锈的是只蓝色蝴蝶，还绣了两句小诗：“秋来霜雪伴，芳心空自知。”这是句两解诗，还有一解，根据另一种断句也可以读为“秋来霜雪伴芳心，空自知。”可惜郎君有情爱飘雪，飞雪偏是冷心人，孟红哪里懂得这些，只当是那人慌忙中掉下的，也不多想，不要白不要，就收了起来了。

周不凡此时也下了楼，见几人拿着兵器站在那不知所措的样子。摇摇头叹了口气："罢了，我们回家吧。"

车无缘一路飞奔。总算是带着奄奄一息的三当家回了马头山。马天一看二人狼狈的样子，大惊失色，赶忙询问缘由。

三当家已经是奄奄一息，拉着马天的手道："红泉山庄，周不凡。"说罢，脸色一黑，毒发身亡。

马天听了大惊失色，周不凡？！不就是那个跟他长得极像，被干爹拿去顶罪的人么，怎么会和红泉山庄搅在一起。赶紧叫了车无缘来盘问。

原来他们二人今日无事，车无缘提出要带三当家去滕州的妓馆里风流快活一阵儿。二人就下了山，谁知刚到妓馆门口，三当家就瞧见妓馆对面酒楼上有个人，侧着身子坐在那里，侧脸看上去很像大王，还跟着三个人有说有笑的。于是三当家就上楼去跟大王打个招呼，结果认出了那人身旁的女子是红泉山庄的庄主，言语间才知道那个同大王长得极像的人就是周不凡，周不凡被发现后赶忙叫手下灭他们的口。几番争斗下来，幸亏车无缘功夫极好，没受什么致命伤，但是三当家中了毒镖。车无缘不知此中缘由，只好先封了三当家几处大穴，压住毒性，赶忙逃了回来。

马天心里一动，不行，此事还是要通知干爹一声，赶忙叫人拿了纸笔写了条子："周不凡来袭，求助。"绑在信鸦腿上飞了出去。

信鸦借着夜色很难分辨，如果不仔细，根本看不到。可凡事一物降一物，信鸦刚飞至京城上空就被一只鹞鹰擒获，鹞鹰抓着这只小鸟飞回了自己的主人家。就见门上牌匾金碧辉煌三个大字“诸葛府”。

诸葛明正在堂内喝茶，眼见自己训练好久的鹞鹰回来了，赶紧开窗让它飞进来。鹞鹰进屋，把信鸦丢在地上，好在没有受伤。诸葛明取下信鸦上的字条看了一眼。想了想，然后走到书桌前，撕掉其中一段，又照着那段笔迹工工整整地在原来字条上添了几个字，笑着重新卷好绑在信鸦腿上，把信鸦放了出去。

“周不凡啊，周不凡。老夫在官场这么多年了，如你这般的人才真是不多见，不为官真是可惜了。不过也好，凡事越强越险，如今只是稍微和朝廷搭上关系就惹来杀身之祸，若你真的在朝为官，势必是要惹来更大的祸患。”

信鸦死里逃生，赶紧振翅高飞，一溜烟地朝红叶山刘府方向飞了过去。刘公公眼下正在批公务，自从那魏公公与诸葛明得势后频频向他发难，好在他根基深厚，虽没什么大问题，但也焦头烂额难对付。正烦心着，就见一个小太监抱着信鸦朝他屋里来了，说是马头山飞来的信鸦。刘公公以为又是马天这个干儿子来问他要钱的，谁知打开一看，这哪里是要钱简直是要命了。周不凡居然还活着！这还了得，如今京中朝局三足鼎立，再不是当年那样只凭他只手遮天，若是当日遇刺的疮疤再被揭开，只怕是要出事，于是赶紧派人连夜奔向马头山查明情况。

两天后派去马头山的人带着马头山的师爷就回来了。刘公公问清了事情的原委。原来真的是周不凡这个小王八蛋，他倒聪明，先从马天入手，只要擒了马天，罪名自然洗脱干净，还能把他刘公公置于死地。且不说那个诸葛匹夫，哪怕是此人落入魏公公手里都足以让他的脑袋掉上几回。立马吩咐了手下人，秘密从厂卫调拨了人马支援马头山。势必要在皇上觉察前拿下红泉山庄杀了周不凡。

第十一章

指点迷津马天舒眉

真相大白二平含恨

自从师爷带着刘公公派来支援马头山的人马回来后，马天一下子就信心百倍起来。准备大干一场，谁知那红泉山庄竟是个铁疙瘩一般，几次三番都没能打下来。

而周不凡自那天从滕州回来后就书信一封差人送到了李进忠手里，第三天李进忠就带着人马从京城赶来了。几天下来你来我往，马天虽然用兵自有一套本领，但周不凡每每都能先发制人，想到法子克制。李进忠接连打了好几场胜仗，得意的很。倒是孟红看不下去，跟周不凡提了几次，让她也去打打，手痒难耐。周不凡笑了笑，小声在孟红耳边说了句："红姐，眼下狗咬狗，咱们别去凑那个热闹。"孟红一听，心领神会，你们打吧，反正有周不凡在又输不了，即便有伤亡那也是李进忠带来的人，我们不吃亏。想到这就开心起来，再也不提让她代替李进忠打仗的话了。

倒是李进忠几次想借二平一行人用，周不凡都一口回绝了“他们三人我都各有用处，眼下分不开身，李先生您放心，有我这个军师在，保证您战无不克攻无不胜。”李进忠也不再说些什么，反正是输不了，那就耗着吧。

不过一个月工夫，马头山节节败退，京城带回的人损兵折将也死得差不多了，师爷提议，伤敌一万自损八千，眼下虽然落败，但红泉山庄一定也是损失不小，眼下还是趁热打铁，向刘公公再借些兵马为上策。马天想了想师爷说的也有道理，如今虽不知红泉山庄内的情况，但从近几次的交手上看，要想拿下山庄不过时间问题，还是再向他干爹借些精兵强将过来吧。于是写了封信就让师爷再去京城借兵。师爷得令起身便走，刚至门口就见车无缘也朝他走来，此人自从来了山庄仗着功夫颇高三天两头找他麻烦，尤其可恶，于是狠狠瞪了他一眼。车无缘低头冷笑一声，折扇一开，朝那师爷挥去。师爷就见眼前金光一闪，脖子一凉，脑袋立马就被车无缘提到了手里。只是擦肩而过电光火石一瞬间，车无缘就要了这师爷的性命。吓得台上的马天呆坐在那，门外师爷的身体依旧朝前走了两步方才倒下，抽搐几下死透了，可见这车无缘手段狠辣。些许时分，被吓愣的马天反应过来。“你这是要造反么”，破口大骂起来。

车无缘也不恼，提着师爷人头走到台下，一面摇着扇子，一面慢悠悠地说道：“大王，我这是为您好，这个蠢货给你出馊主意多少次让您身处险境，眼下正是山寨生死存亡的时候，他竟然还要把大王向死路上推，在下实在看不下去了，这才替大王结果了他。”

马天疑惑：“为了我？怎么，你杀了我的师爷还反倒是为了我好么？”

车无缘接着说：“大王，我虽然来山寨时间不长，但好在得大王器重才给了我这二当家的位子，这些日子我也多多少少知道了您与刘公公还有那周不凡的事情。”说话间车无缘走近了高台，“大王依我看，这个师爷多半是刘公公安插在大王身边的探子，不除不行。不然为何自从红泉山庄生事以来，师爷数次力劝大王通知刘公公，而非让大王做主，足见师爷是希望您事事依照刘公公的心思办事。”

马天想来，确实是车无缘所说这样，看来这个师爷靠不住，真可能是刘公公的探子。

见马天对他所言信了三分，车无缘继续道：“大王与那红泉山庄到底是怎么个回事，还希望大王据实相告，无缘不才但必定设法为大王筹谋。至于这个师爷，蠢得要命，我绝对不会出他这么愚蠢的主意。”

马天想了想，这车无缘虽然新入山寨，但是功夫智谋都是极高，上次带三当家回寨也能看出忠心，索性心一横，将刘公公如何派他刺杀皇帝，他又如何从京城逃出，那周不凡是怎么卷进这件事一五一十全盘道出。

车无缘摇着扇子想了一会又笑道："大王啊大王，幸好我此刻过来杀了师爷，这是救了您一命，您该如何谢我啊。"

马天越发糊涂，你杀了我的师爷，怎么倒成了救我一命，"此话怎讲？"

车无缘上了高台，站至马天虎皮座旁说道："大王，凡事我们要想得透彻些，那周不凡让红泉山庄几次找我们麻烦，不就是想擒住大王，洗脱自己刺王杀驾的大罪么？"

马天点点头，车无缘继续说道："那大王可知道，为何周不凡从不露面，而是让那个红衣女子出面，那日被三当家与我撞破后为什么要急着杀我们灭口？"

马天想了想，"那一定是害怕我向干爹求救呗，干爹要是知道他还活着，一定会帮我除了他。"

车无缘反而笑了起来"大王啊大王，您只知其一不知其二啊，周不凡怕刘公公知道此事不假，但除了害怕刘公公帮您之外，他更怕另一件事。"车无缘凑到马天耳边，用扇子挡住小声说："那周不凡更怕，刘公公杀您灭口。"

怎么可能，他与刘公公同气连枝，早就是一条绳子上的蚂蚱了。马天听了大笑起来，"荒谬，干爹怎会杀我灭口。"结果干笑了几声，看着目光又变得冰冷的车无缘，自己再想想，就笑不出来了。说到底他与刘公公不过是利益交易，若在生死大事面前，一定会牺牲对方保全自己，换成是谁也都一样。

车无缘见马天沉默起来，继续说道："刘公公与大王都想置那周不凡于死地不假，但你几次三番都被那周不凡压制，难保刘公公不会动了别的念头。比如……"车无缘将师爷人头往马天脚下一丢："比如若是这个蠢货告诉刘公公，大王有了援军，却节节败退，刘公公会不会觉得与其无底洞似的支援大王与周不凡抗争，倒不如杀了大王，以大王死无对证来保全自己更加方便，因为只要大王一死，杀死皇帝的罪名就只能是那个周不凡的了。"车无缘把师爷的人头踢开，盯着马天的眼睛。"让我猜猜看刘公公该怎么一箭双雕，若是我的话，我便上报朝廷，马头山有土匪为祸一方，愿意亲自带兵来剿。对大王则是说自己是带兵来援，大王一定城门大开，而我带着精兵强将乘虚而入杀了大王，得了剿匪的功劳。再将发现周不凡一事上报朝廷，朝廷自会出兵围剿，那这样周不凡依旧是死路一条。大王您看，这样是不是更加简单，轻松，而且万无一失呢。不但如此，刘公公还立了两件大功。若是大王您，该如何？"

马天被车无缘这么一说，犹如坠入冰雪窟一般，是啊，一定是这样！刘公公一定会杀了他灭口，这样不仅他自己刺杀皇帝的事不会败露，而且还能置那诸葛明于死地。这个车无缘，说的句句都在点上。可眼下又该如何是好，求救会被灭口是死，不求救又会被周不凡抓住也是死。好在有车无缘在，今日一事多亏此人提醒，否则自己当真成了别人功劳簿上的一笔亡魂了，车无缘这么聪明一定能救他的，赶忙救命稻草一般抓着车无缘的手说："车老弟救我啊，我眼下该怎么办啊，求救是死，不求救也是死，老弟足智多谋，一定要救救大哥我啊。"

车无缘笑了笑，"大王莫急，所谓百足之虫死而不僵，大王在这马头山称王称霸，又与刘公公相处这么久，想要脱身也不是没有办法。眼下大王要认清现实，刘公公已经不可依靠，他随时都会牺牲您保全他自己。切记，切记要与他彻底断了联系，只要他不知道大王您的动态，他便不敢轻举妄动。"

马天听说还有活路，赶忙起身拉着车无缘坐下。"老弟请讲，老弟请讲，我再也不听那个阉货的了。"

车无缘坐下。"眼下周不凡还是朝廷钦犯，我们倒还好对付，就是那刘公公嘛，依然是厂卫都督，的确十分棘手，大王和他相处那么久，可有留下什么证据。"

马天低头先想了想，一拍大腿："对了，当时刘公公让我去刺杀皇帝，曾经给我发来过吮香楼的地图，上面有他亲手写的标注以及让我动手的日期与时辰，还有逃出京城时刘公公给我的过关令牌和手信。"

车无缘眼前一亮，"太好了大王，有这几样东西在，我们就好办了，只是大王要尽快将他们交给我保管，这样刘公公投鼠忌器，就绝对不敢杀您。”

马天见有活路也轻松起来：“那明日我就将东西都交给你，既然不怕刘公公灭口，那我们是否可以向刘公公借兵。”

车无缘摇摇头：“大王您糊涂啊，眼下我们知道山寨有刘公公眼线就已经步履艰难，您还要让刘公公派兵混进来么，到时候他们调转枪头，您我死无葬身之地，那些证据落到他们手里，也就根本不足为据了。”

“不能借兵，那我们被周不凡擒住，岂不还是死路一条么？”马天又苦恼起来。

车无缘冷笑一声：“大王莫急，那周不凡可还是朝廷钦犯呐，我们根本不必同他缠斗，叫朝廷的人来收拾他名正言顺。到时候周不凡被捕，势必会供出大王，而我们手里与有刘公公通信刺王杀驾的把柄在，刘公公一定会动用全部资源把周不凡刺杀皇帝一案做成铁案，保大王安全就是保了他自己安全。”

马天听来，这车无缘果然神机妙算，死路都被他生生挖出一条口子，他与那刘公公本就是利聚而来，现在到了关键时刻难保不会出卖他，还是车无缘说得对，此时他能做的就是赶紧把周不凡这个烫手山芋推到朝廷手里，才能保住自己性命。只是他与朝廷唯一的联系只有刘公公，要想朝廷注意周不凡，自己又要明哲保身，这可该如何下手。想到此处再朝车无缘看去，就见他收起折扇从怀中取出一个瓷瓶。“大王可还记得平阳城瘟疫么？”

那车无缘手中拿的正是能诱发瘟疫的毒药，当时平阳城突发瘟疫，朝廷赶忙派人控制疫情，又是钦差又是密使的。眼下车无缘正是要如法炮制，红泉山庄正处滕州水脉源头，只要在水源与城内一同下毒，滕州突发瘟疫，时值隆冬，为免疫情扩散朝廷势必更加重视。届时再将朝廷调查的目光引向红泉山庄。周不凡就像破灯笼里的火苗再怎么烧也无济于事了。

马天听了车无缘的种种安排，拍手称快，好家伙，这人好本事，自己好运气，在这个节骨眼上得了这么个救星。赶忙吩咐人按车无缘的意思去办。这真真是条毒计，滕州城几万黎民百姓与马天无冤无仇，只是马天不管这些，只要自己能活命就好，只要死掉的不是自己就好。眼下这般乱世谁顾得上谁呢?

而红泉山庄如今击退了马头山的援军，想他再也翻不了身，李进忠收拾好行装，整理好剩下的人马准备明天就要回京去了。只是刚收拾好，二平就进来传话，周不凡今夜想留他在堂内，说是有些事情要与他商量。

李进忠进了周不凡的堂厅，就见周不凡端端正正地坐在那，一边喝茶一边盯着眼前的棋盘。咳嗽了一声进去又开始客套起来，周不凡也不愿意再同他纠缠，开门见山问起当年琳王与魏王相争王位一事，事无巨细，幸存的都有谁，谁又不知所踪，官居何职，几品，可有线索。李进忠面有难色，似是不想再提。周不凡步步紧逼，言明这些事他必须知道，如有差错除掉刘公公的大计不成。

李进忠想了想，即便告诉了他也没什么大不了，于是一五一十将他知道的全盘说出。

当年两王相争，琳王军功卓越，魏王政绩颇佳，他们斗得如火如荼。后来刘公公趁先帝重病不省人事，假传圣旨让魏王侍驾，后又封锁宫禁，假传消息给琳王说魏王逼宫谋逆企图篡权。琳王这才发兵攻城，在宫中侍奉的魏王只以为要逼宫的人是琳王，奋起反击。两方势力在宫中斗了三天有余，最后魏王落败，被琳王诛杀于先帝病床前。此时正好先帝从昏睡中惊醒，亲眼看见两子在面前自相残杀，急火攻心，病情更重，临终前下了旨意，本意是要杀了琳王，但落笔前又于心不忍于是废琳王为庶人，终身监禁，并传位于现在的皇帝，下旨后先皇便驾崩了。魏王的人在那场夺位大战中几乎全军覆没。而琳王的党羽则被先皇全部诛杀，一个不留。最后有关联的也被现在的皇帝登基后，由刘公公暗中尽数除去。其中被先皇下令诛九族的就有朝中御医邱黄两大家族，守卫西北的龙虎营将军，琳王的谋士周子晓，还有朝中一些大员。经此一事株连，朝中臣子被生生砍去几近一半。而后新帝登基，极为重用这位刘公公，刘公公合并东西两厂成为厂卫都督，暗中又除掉一些漏网之鱼。眼下可能还活着的就是当时邱黄两家的后人。其中黄家有两个嫡女，一个当时不过两三岁，另一个才刚刚出生，处斩名单上没有这两人，据说是被救走了，至今不知所踪。另一个传说是邱家小妾被抓时已经身怀六甲，处斩前一天在牢内偷偷用发簪给自己催生，强行产下一子，藏在茅草堆里，这才躲过一劫。后来被人抱走。当然这些只是传说罢了。另外龙虎营的将军就没那么幸运了，一家无一幸免全部被斩，可他的副将不是他的亲眷但也被连累全家被杀，只有他一人逃往叶柏国不知所踪。至于谋士周子晓么，光杆一条，据说事发后就服毒自杀了，无妻无子。还有些零零散散的人也四下逃难不知所踪。如果需要，给他些时间，他再细细查证一番列个名单出来。

周不凡摆摆手，“别的倒是不打紧，我就是想问下，两王相争，为何会把太医牵扯进来。”

李进忠咳嗽了几声。“本来跟这两位太医并无太大干系，只是这邱黄两家乃是琳王的亲信，当时先皇病中曾昏迷数日不醒，是这两家太医亲自接手诊治，当时的刘公公一口咬定是这两家太医给先皇的药里放了五石散，后来又在药渣里找到了此物。其实是刘公公偷偷把先皇用来垫口的参片里掺了五石散，才让先皇昏睡不醒，后因太后觉得先皇这病来的蹊跷，下令彻查，这才赶紧将剩下的五石散残渣煮水后掺进先皇的药渣之中。”

周不凡拨弄着眼前的棋子，这些棋子不就和当时死掉的那些人一样，主子一招棋错，满盘皆输，只是眼下周不凡已经不再是之前那个只求脱身的算命小子，既要赢，便要懂得做劫，只能识破别人的陷阱还不够，他要比对手更狡猾，做劫化劫利用别人的圈套来做自己的谋划。周不凡冷冷看了李进忠一眼，“既是宫中隐私，前辈您知道的还真是仔细啊。”

李进忠被周不凡这一眼看得发毛，就像万千心事都被眼前这小子尽数看破了一般，只能干笑两声：“活得久了，自然知道的多些哈。”

周不凡不想再跟眼前人纠缠，既然听到了自己想知道的，其他的细节等以后慢慢再查便好，只说了句：“那就有劳前辈了，明日回京怕是要有变数，您还是现在就整装出发吧，我这有封信，是之后的一些安排，您小心收好，回京后速速按其布置，不出一月，前辈心愿可成。”

李进忠听了大喜，赶紧把信封收好，道了声谢就赶紧出去准备了。

而周不凡回头说了句“你们出来吧。”

屏风后二平、孟红、梁明这才走了出来。二平还好只是神色复杂。倒是梁明和孟红红着眼睛拉着手，似乎已是极力忍耐。周不凡看着孟红，眼睛瞪得老大，一只手紧紧抓着梁明，一只手握着两枚玉坠，骨节泛白，指甲都陷进肉里鲜血直流。周不凡不忍，说了句：“红姐，他走远了，哭吧。”孟红再也忍不住趴在梁明怀里号啕大哭起来，一面哭一面抽泣：“帮我杀了他，一定要帮我杀了他。周不凡你一定要帮我杀了他。”梁明掰开孟红的手，一面流泪安慰拍着孟红的肩膀，一面把玉坠递到周不凡面前，是两个小玉牌，一个刻了个“邱”，一个刻了个“黄”。果然同周不凡料想的一样，孟红和梁明的确是和琳王有关的，真的是两位前朝太医的遗腹子。倒是二平看得开，抱着两人不停宽慰着。当时平阳城瘟疫，山庄只有珠珠与梁明，梁明一次无意间露出了自己那枚玉坠正巧被珠珠看见，珠珠问起，梁明才说起这是自己的本家姓氏。后来珠珠与周不凡闲聊说起此事。邱？周不凡依稀记得，莫说京中无人姓邱，整个北方这个姓氏都极为罕见，仿佛邱氏一族如今都在江南一带。邱本姓姜，是为了避讳才改姓，并不多见。所以曾写信给诸葛明询问过一次。这才有了答案。

周不凡看了二平一眼，面有难色，不知该不该开口。梁明此刻反而是这三人中最清醒的一个人，他看清了周不凡的表情，欲言又止的。他抹了抹眼泪，拍了拍孟红和二平。“你说吧，还有什么事，我们受得住。”

周不凡更加不知该如何开口，若不是自己可能命悬一线，现在不讲，他们日后只怕就再没机会了。其实周不凡是不想让他们知道的，毕竟与其活在仇恨里痛苦，倒不如什么都不知道。孟红此刻平静了不少，看着周不凡说道：“不凡，你说吧，我们不怨你，老娘承受得住。”

周不凡狠狠心说道：“这事和红姐无关，是平大哥的兄长。”

二平倒是一惊，好端端的怎会提起自己的兄长。

“先说二平的兄长一彦。”周不凡猜测起来，当时琳王家大业大党羽无数，眼看大业可成，却半路杀出个刘公公，功亏一篑，满盘皆输。好在琳王一事牵扯到的几乎是半个朝廷，这就好比自己用一半的力气砍掉自己另一半的身体，并不是一件马上就能解决的事，所以琳王的很多旧人在那场屠杀中逃了出来，其中就有现在能扯上关系的三人，孟红，梁明，还有二平。其中孟红、梁明两人本姓邱黄是被杀两位御医之后是无疑了。而二平的师父，他收了这两个徒弟，分别又留了龙虎两枚铜符的交代，在全国又能留有那么多人跟随成为其眼线。二平的大本营在西市胡人聚集的地方，而胡人在关外最多的地方就是叶柏国。三点连起来看，龙虎，有很多旧将跟随至叶柏国。二平的师父就是当年龙虎军的副将。

至于一彦的死，周不凡看着二平叹了口气道："平大哥，你兄长是整件事的起因，他的死是提前安排好的，也就是你我的师父所为。"这是一盘棋，二平的兄长首当其冲成了最关键的一环。

一彦最早入宫，又成了侍卫统领，憨厚的性格和高超的武艺都将是刘公公刺杀皇帝最大的绊脚石，所以让他入宫，跟让他去送死一样。此外二平讲过，自从一彦入宫后，他在宫内眼线就全部断了，这也是他师父安排好了，否则刘公公安排万贵妃诬陷一事闹那么大一定会被二平知道，以二平的性子势必会节外生枝，所以，一彦见到龙符被安插入皇宫时，他就已被定下是一枚弃子。

二平握紧了拳头，两眼通红狠狠地瞪着周不凡。"为何要牺牲我兄长？”

周不凡冷笑几声流下泪来：“为何？为的是我们啊？若你兄长不死，刘公公如何刺王杀驾，我又如何能与你联手除了刘公公。你我的师父与刘公公有不共戴天之仇，他们不能出面办到的事，要让我们这两个底子干净和前朝旧事没有半点关系的徒弟去办。我们从拜他们为师的时候就已经被他们视为棋子了。”周不凡也激动起来，如果这是预先计划好的，孙半仙当初为何又要对他那么好，若不是计划好的那为何所有事情又环环相扣！“还有，为何是你的兄长不是你，若不是你兄长事事护着你，性格较你更加耿直，只怕当初入宫的就是你了。”

二平情绪激动，一时难以接受，自己的兄长竟然是自己的师父害死的，这怎么可能，师父即便从小严苛了点，即便狠心了点，即便……越想心越凉，挥手就向周不凡打去，孟红见状赶紧伸手去拦，“平哥，你冷静点。”周不凡也激动起来，这些事一直憋在脑子里，如今既然说了，那就痛痛快快全都说出来吧，在孟红身后，声嘶力竭地喊道：“不仅我们是棋子，就算我们失败了，还会有新的棋子，他们早就准备万全，消失这么多年你以为他们干什么去了，便是怕我们失败后没有代替的棋子么。我们在他们眼里根本不是什么徒弟，假意施舍恩惠，传你武艺，教我本事，结果呢，我们不过是随时可以为他们复仇大业去死的棋子！”

二平脑袋嗡的一声，似是天旋地转一般。一股火在胸口无处发泄，随手朝屏风就挥去一拳，那屏风当下就四分五裂。砸了屏风还不够，他还要砸了桌子，砸了椅子。周不凡三人就眼睁睁看着二平在屋内发着狂，等他砸不动了，累了，才走过去。梁明将他扶起，回头看了一眼被孟红拉到一边躲避的周不凡。对二平讲："平大哥，你现在知道了就这样发狂，可你想过没有，周不凡可能很早就知道了，他的处境同你一样，他可是足足在心里憋了这么久，那是怎样的煎熬。"不凡听言，心中似乎受了一击，是啊，这些猜想今日才被证实，可是在证实前，日日夜夜的在他心里膨胀，多少次午夜梦回，梦到自己变成棋盘上一只孱弱的老虎，被对面几条巨龙绞的粉碎，多少次惊醒后想要告诉他们，但又放弃。二平这才明白，周不凡当初为何把铜牌丢在地上告诉他，他自由了，原来他们的处境根本就是一样的。二平走到周不凡面前，拍了拍他的肩膀，"老弟，苦了你了。"

几人就这样沉默许久，如今整件事都已经明了。而他们又该何去何从呢。大棋子养育出的小棋子。

"我们该怎么办。"

"你们还相信我么？"

"我们信你。"

几人在山庄里商议接下来的事，而一条毒计此刻也正悄悄地在山庄外酝酿实施着。就见车无缘在山庄外看了一眼，说了句："这么晚了，怎么还不让我家美人儿歇息，哎，若是熬坏了可如何是好。”当日马天第一次来红泉山庄他也在场，只是远远看了一眼，那日佳人一袭红衣如诗如画，言语自在洒脱，一举手一投足就拨乱了他心中所有打算，他从未见过如此的女子。想罢叹了口气，在树梢一跃，向后山去了。

待到了后山泉眼，这里流出的泉水下山后再通其他山涧小溪汇聚成河，经过滕州然后再汇入青河流入东海。车无缘站在泉眼处，从怀中掏出一只瓷瓶，摇了摇就打开瓶盖，将药粉倒了进去。一边倒一边说着：“滕州的老百姓们，这可不赖我哦，不过只是拉拉肚子，发发烧罢了，绝对不会要了你们的性命的。”

第十二章

滕州城突发瘟疫

周不凡难再隐瞒

刘公公这几日可谓是焦头烂额，他与那马天彻底失去了联系，也不知成败。信鸦放了几十只没有一只飞回来。心里暗道一声，不好，出事了。果不其然，第二日，滕州突发瘟疫的折子就递到了御前。刘公公大怒，为什么这道折子他从未见过，又是谁背着他将折子递到御前的，现在再追查已经于事无补了，必须重新打算才行。

灭马天的口，来个死无对证？可马天与他已经彻底失去了联系，他在京城显然鞭长莫及，为今之计只能硬着头皮上了。赶忙传了几个手下到他府中商议对策，周不凡被发现不过早晚的事了，一定要在周不凡被朝廷发现前将此事做成一桩铁案才行。好在如今他势力还在，要做起来还是有些眉目。与其坐以待毙不如主动出击，翌日大早，刘公公上奏，在滕州发现了周不凡的踪迹，请陛下发兵围剿。皇帝刚要下令，魏公公在一旁请旨，这件事就交给他去办，皇帝看了一眼殿下跪着的刘公公。这奴才他越来越看不懂了，经过遇刺一事，后来又诬陷诸葛明一事，如今这朝中桩桩件件都与这个平日里低眉顺眼的奴才有着千丝万缕的联系。回过头，魏公公虽是新宠，但此人话少手稳，交代差事也是干净利落，确实更加可靠一些，“那就交给魏公公去办吧”。

而此时的红泉山庄，周不凡正安排着手下人救治滕州的瘟疫，送药，给水源解毒，孟红梁明姐弟俩一天到晚忙得不可开交。可他们都知道，朝廷已经知道滕州瘟疫的事了，他们所剩的时间真的不多了。

这天一早，瘟疫已经被控制下来，周不凡放下了控制疫情的事，又拿出马头山的地图，要对马头山下手了。

“红姐，我让你准备的药几日后你要送到。”

“梁明，解药用的毒针你也要提前备下，交给二平。”

“二平，你带人连夜埋伏在马头山周围，等山寨内的内应传来消息就将山寨一举拿下。一定要快，不能留下活口，不能惊动马天。我的身家性命就交给你们三人了。”

三人看着地图，对着周不凡点点头。

周不凡起身向窗外望去“你们看，朝廷的人马来了。”

二平起身，“周老弟，不如我易容后在暗处随行吧，这样妥当些。”

周不凡摇摇头，如今所有棋子都被他摆弄到合适的地方，只是珠珠，还有他娘。只怕他再难有机会去亲近了，从此一迈，江山永隔，自己身上不知还卷进了别人多少计谋，一步也错不得，跟着他实在是战战兢兢，如履薄冰。

京中两方势力看似偃旗息鼓，刘公公与诸葛明难得的都没有什么动静，各自安排着滕州那人回来后的事。

山庄外，朝廷的人马浩浩荡荡排成一排。周不凡换了身干净衣服，走出了山庄，对朝廷的官员大声说道："在下就是周不凡，官爷找小的有何贵干啊？"话音刚落，一群官兵如狼似虎蜂拥而上，将他围住五花大绑地带走了。而其他人再冲进山庄时，山庄内已经空无一人。远处林中孟红回头望了一眼："平大哥，您说这小子不会有事吧。我这心里实在悬得很，不行咱们派个人跟着？"二平早有此意，如今周不凡出了红泉山庄就像一只绵羊出了羊圈，京城对他来讲更是豺狼窝一般凶险。刚要吩咐，梁明赶紧拦下。"你们冷静点，如今是牵一发动全身，你若私自派人跟着，很有可能会让他的所有安排付诸东流，我们如今只要听他的话，各自将安排我们的事再做的严丝合缝即可，还记得么，我们一起说过的，我们信他。"孟红与二平只好作罢，按照计划，带人埋伏在马头山附近的一处树林里，只待深夜这才出来，一点点地向山寨靠近。

谁知三人刚要飞身翻进围墙，就见一人，这人就着月光，一身锦缎蒙了一层银沙一般，水红色的嘴唇微微一撇，露出洁白的牙来。“镶金描纸扇，花间风流探，在下车无缘，夜夜沐合欢。美人儿，上次一别，可有想过在下，在下却是日日夜夜念着你呢。”车无缘身着蓝衣，拿着纸扇，站在月光下，衣摆处似有血迹，被锦缎衬着闪着冰冷的血光。

而周不凡被魏公公的人直接带至了京城，送往刑部。刑部位于京城西南，主管全国刑罚政令及审核刑名，与周不凡熟悉的京兆衙门没有太大的差别，只是大堂牌匾上的“惠洽两山”变成了如今的“明镜高悬”，说来也是讽刺。本来此案由刑部主司审理，谁知刚一开口就给刑部主司出了一个天大的难题。他居然说自己是被刘公公陷害，这可就麻烦了，刘公公是厂卫都督，自己不过是从三品的刑部主司，这事他就管不了了，想了想还是多一事不如少一事吧。一脚把周不凡踢到了大理寺，由大理寺判定。于是周不凡在刑部住了没几天就被浩浩荡荡地送到了京城东南角的大理寺，大理寺主掌刑狱案件审理，乃是本朝审理大案的地方，自然这大理寺就比刑部气派些许，门面也大了不少，光是门口那两对石头狮子就有千斤的分量。大理寺少卿也不笨，先晾他几天，然后传了周不凡上堂过审，寥寥几句，便摆摆手再收押回去。你不是说刘公公利用你嫁祸诸葛明么，既然如此那就不归我大理寺管了，官员弹劾一事可是都察院的事，于是又是一脚将周不凡踹到了都察院。都察院又在京城东北角，主管百官的考察、举劾，而且不仅监督百官执法，还拥有“大事奏裁、小事立断”的权力，是最高监察机关，门面更是气派非凡，不仅大门修得仿佛皇家别苑，就连大殿上的牌匾都足有六对一十二个。这都察院御史头痛起来，真是个烫手的山芋，这案子他也不敢专审，如今朝中三足鼎立，而这个周不凡偏偏就牵扯着最要命的两个，哪个他也得罪不起，于是又以证据不足为名踢回了刑部，你们先搜集证据吧。三人你来我往，周不凡就串门似的围着京城不停地转。弄得京城百姓人尽皆知。最后实在拖不下去了。三司大人聚在一起开了个会，干脆谁也别跑，此案事关重大，还是请旨三司会审吧。

我朝三司：刑部、都察院、大理寺。

刑部为六部之一，掌法律刑狱。大理寺主管大案审理。都察院最高监察、弹劾机关。开朝以来惊动三司的案子屈指可数。而三司会审一般由皇帝下令，三大司法机关承命，审理结果报请皇帝批准执行。

说起来都是威风凛凛的气派，但你一个小老百姓一旦与其沾上关系就是另一番光景了。毕竟这三府衙就跟门神一样，对险恶之辈的吓唬作用远超过其应该发挥的实际作用。

周不凡这个案子着实难办，因为涉及的正是当今朝廷权力集大成者的三人。皇帝是受害人，而涉案人竟是厂卫都督刘公公，以及当朝一品相诸葛明。一切的根源就在于一个普普通通的杂役，周不凡。此案原本是要密审，结果前一阵子三部踢皮球似的将周不凡踢来踢去，弄得沸沸扬扬，京城百姓已人尽皆知。用不了多久只怕全天下都要知道皇帝最得力的两个手下中，有一个要杀了皇帝。

三司几位大人之前只是轮着头痛，现在搅在一起着实一起头痛起来，当初谁出的馊主意三司会审的，太阴险了。一个是心狠手辣的刘公公，一个是疾恶如仇的诸葛明。两个人都是难相处的主。一番思量后三司决定还是先搜集些证据，七日后再审。先将周不凡押入了监管最严的大理寺天牢。

其间传唤了几次，周不凡老老实实跪在堂中将自己如何被刘公公陷害，刘公公又是如何威胁自己嫁祸诸葛明一五一十道出。但自己怎么逃出来，又是如何在滕州一带被发现却是打起了马虎眼，弄得三司几位主审听得着实云里雾里，不过主要审的还是刺王杀驾那一段，本就对周不凡逃出去干了什么却丝毫不关心。

大理寺卿经验丰富，问了周不凡可知何人刺王杀驾。周不凡就又将刘公公有一干儿子马天之事供出，还再三强调，那马天与自己长得一模一样。大理寺卿当下传人前去马头山，务必要将马天带回，末了还向刑部主司借了一些人马一同前往马头山。

审了几遍都是这个结果，周不凡就说这么多。越说越离奇可笑，但兹事体大，越是离奇，就越有追查下去的必要。在牢里因为提前让李进忠打点好了的关系也无人向他用刑，为难他，只是客客气气招呼着，有茶有饭，别的牢房还是茅草铺地，他周不凡的却是生生多出一副被卧来。

几日后，刑部与大理寺的人将马天带回，为防串供将其押在了刑部大牢。

那日再审时，周不凡却什么都不肯再说，要求在皇帝面前与刘公公当面对质。这下三司可算松了口气。本就不想管这个破案子，结果是啥都会得罪人，现在刺客要求亲审，那倒省了一桩麻烦。于是三司大人分别写了折子呈交御前，案情重大，三司无能，提议由陛下亲审。折子一溜烟递到了皇帝面前，前后脚又来三道折子，两道是刘公公与诸葛明，他们要自证清白提出与周不凡当面对质。都是火上浇油，把这事往大了闹。另一道是请旨的折子，魏公公请旨，要密查此案。总算来了个办人事的，于是下了道密旨，明面上皇帝即将亲审此案，暗地里却还有魏公公在搜集证据。

第十三章
大殿圆审峰回路转
地牢设计生机突现

不日，皇宫大殿上本朝第一次皇帝亲审的案子就要开始了。龙椅前拉了纱帘挡住了内阁。在下设立三案，分别是刑部主司、大理寺少卿、都察院御史三大司法。再往下又设了六案分别是吏部、户部、礼部、兵部、工部五部尚书以及通政使官员。浩浩荡荡的皇帝亲审，三司会审，九卿圆审开始了。

看吧，这就是朝廷。若是官治民的罪，随便一个州府县衙，青天大老爷往上端端正正地坐了，醒木一拍，你就看那官爷的手朝那签令筒探去，伸手一抽令牌落地，便治了那百姓的罪。即便是不小心碰掉的，只要令牌落地那也不可回头。可若是老百姓要治官的罪呢，就比较麻烦了，你瞧那周不凡，收押半月有余了，眼瞅着收押他的车围着京城一圈圈地转啊，老百姓起先看着热闹，到后面都麻木了。先是刑部，大理寺，都察院一层层地过，完了还有三司会审，三司不成还有九卿圆审，总是怎么麻烦怎么来，生怕有一点差错。

民间对这个案子也是颇为关注，当然皇城路远，管他哪家皇帝哪家臣，百姓们不都还是面朝黄土背朝天，那些都是遥不可及的事情，也不关自己的事。皇帝怎么样他们不关心，因为就算这个皇帝不在了，还是有新的皇帝代替，总和自己没有半根鸡毛的关系。只是茶余饭后谈资罢了。但毕竟这事新鲜些，老百姓也不过看个热闹罢了，突然大家都在关注一件事，就好像自己也参与进来一般，于是街头巷尾都在聊这件事。有说是刘公公这个太监太不守本分，不老老实实当太监，想当皇帝。也有说刘公公进宫时没净身干净，根本就是个囫囵男人，他给皇帝戴了绿帽子，万贵妃的儿子根本就是她和刘公公生的，所以他要杀了皇帝扶自己儿子上任，更有狗血的讲刘公公曾经爱慕诸葛明，但诸葛明娶了大公主，刘公公心灰意冷进宫做了太监，谁知造化弄人大公主早逝，于是刘公公要当皇帝，当上皇帝就能名正言顺地占有诸葛明了……种种版本传的神乎其神。据说西市那有个茶摊，女掌柜有数十个版本，只要一碗茶的工夫就能给你讲上老半天，那茶虽淡，但讲出来的故事却是惊喜不断，这周不凡落网才几天刺杀皇帝的版本就层出不穷。更有赌场甚至为此开了盘口，赌到底是刘公公指示周不凡杀皇帝，还是刘公公嫁祸周不凡杀皇帝之类。反正民间说法，就是这个死太监不甘寂寞才搞出这么多事。

所谓好事不出门坏事传千里，这些流言蜚语雪花似的飞进了皇宫跟刘公公府上，气得皇帝传了几次太医，吓得刘公公几天不敢上朝。如今众口铄金，就连皇帝心里都起了疑。

终于到了亲审当日。皇帝由魏公公搀着坐在金丝制的纱帐后看不清面目表情，只能看到金光闪闪的一个人坐在金光闪闪的龙椅上，旁边站着一个点头哈腰端茶递水的奴才。

三司案上三位大人也已经到齐，各自带了折子和证人，折子放在案上，随时准备翻看，证人则是候在殿外等待随时传唤。三位大人见面，客套一番，又各怀鬼胎坐在自己的案后。

三司下就是六部。这六部尚书觉得自己也是倒霉鬼催的，又不是司法官员，审案也不是自己擅长，眼下过来也不过是走个过场罢了，没什么别的企图，刘公公和诸葛明都不能得罪，自打坐下后就紧闭嘴唇一个字也不说。好好履行自己的职责，我就是过来看看，决不发表任何意见，引火烧身。

皇帝与九卿到齐，大家准备一番。皇帝在内阁用了茶，舒舒服服地坐踏实了，宫女取了铜制的手炉，里面烧红了的银屑火炭，热乎乎地用锦缎绒布包了，绣着紫云金龙的手袋套好了递到魏公公手里，魏公公再仔仔细细地往皇帝手心里一送，“陛下，可以开始了，九卿到齐。”皇帝眯眯地抬了抬眼皮，清了清嗓子，“开始吧！”

先带上来的是周不凡，周不凡再瞅这大殿，金碧辉煌好不气派，九根鎏金的盘龙柱，红琉璃的灯罩，金沙石制的长信宫灯架子，大殿上挂着个牌子，红底金字先皇御笔“勤公奉业”，但再往下看就有意思了，皇帝在纱帘后坐着，宫女太监流水似的进进出出伺候，往下是熟悉的三司大人，各怀心事，再往下六部，或高或矮，或胖或瘦，一个个正襟危坐，面人似的一动不动。哎，在这“勤公奉业”的牌匾下真是格格不入。领他进殿的太监见他发呆，以为是皇家威严把这小子镇住了，翻了白眼捅了捅他小声唠叨了句：“小王八犊子，你倒是赶紧跪啊。”

周不凡这才规规矩矩地跪下，磕了仨响头大声喊道：“罪民周不凡，参见我主陛下，愿我主陛下万寿无疆。”寂静的大堂上突的冒出这么一声，审案官员都是一激灵。皇帝点点头，魏公公授意“九卿开始审案，起。”

看着大殿六部官员依旧面人似的闭嘴不言，三司也只是把几日前会审的问题原封不动的又问了一遍，周不凡也就一字不差又把那一套再讲了一遍。

三司拿了折子一一核对，周不凡所讲虽然离奇非常，但也是合情合理，时间事件也能前后对应，请皇帝旨意。皇帝坐在纱帐后根本没听他们讲了什么，只是靠在龙椅上打着瞌睡，这一套说辞几日前三司就递了好几次折子，他早就看得差不多能背下来了。魏公公拉了拉皇帝的袖子：“陛下，陛下，该传刘公公、万贵妃、诸葛明、马天与周不凡对质了。”

皇帝这才懒洋洋地点点头，好像眼下审的案子跟自己没有半毛钱关系，当日被刺杀的是别的皇帝一般，其实也不难理解，就这个案子蘑菇似的磨了大半年了，他早就疲了。魏公公得了旨意，一道尖细的声音从纱帐后传来："陛下有旨，传万贵妃，刘公公，诸葛明，马天进殿。"

再看殿门，这几人才缓缓进来。万贵妃依旧是风情万种的样子一步三摇的上来了，刘公公则是恭恭敬敬哈巴狗似的，哈着腰一溜小跑跪在殿下磕了几个响头，"奴才给皇上请安了。"诸葛明抬头挺胸迈步进殿，朝上行了一礼后跪在殿下一语不发。倒是那马天，没进过皇宫加上心里有鬼，畏畏缩缩地进来，见了这阵势吓得赶紧就跪在殿下头也不敢抬。

皇帝总算是醒了一半，等着他们这些人如何对质。

先是刑部主司把周不凡所讲对着几人念了一遍，刘公公大呼冤枉："哎哟，陛下，奴才冤枉啊，奴才与这周不凡根本并不相熟。周不凡是诸葛明府上杂役，为何不审诸葛明反而要审奴才呢？"

大理寺少钦问诸葛明，周不凡是否是他府上杂役，诸葛明点头承认并未说些什么。再问是否指使周不凡刺王杀驾，诸葛明也是简单明了地说："绝无可能。臣第一无刺杀动机，第二陛下被刺当日是由臣所救。请陛下圣心明断。"只言片语却是直中要害。

刘公公在一旁又喊起冤来："哎哟，这样说来，奴才一个净了身的太监也没有刺杀陛下的理由啊。奴才只是陛下的奴才，心里念的无不是陛下龙体安康，千秋万代。”

周不凡冷笑一声：“动机谁说你没有，第一，陛下遇害后你就可以假传圣旨让万贵妃之子上位做傀儡皇帝，你便大权在握；第二，当日陛下是谁带去的，又是因为什么带去的，你与万贵妃不清楚，陛下还不清楚么？”

皇帝在纱帐后一想，周不凡说的也确有道理。万贵妃虽有龙子，但那个孩子生性懦弱，万贵妃平时与那刘公公也确实过从亲密，若是二人勾结也不是没有可能。再说遇刺一事也确实是万贵妃卧病不能侍奉，刘公公带他出去的。回头看魏公公，魏公公也点头赞同。

刘公公与万贵妃大呼冤枉，要求传唤证人。三司点头准允，让手下一个个带了证人上来。

先是太医证明，万贵妃当日确实是被吓病。

然后是几个平民百姓，自称是吮香楼附近的商贩，曾在案发前几日看到周不凡在附近出现。

最后是诸葛府附近的几个目击人，其中几个说案发当日曾看到周不凡翻墙出了诸葛府。又有几个附和说自己那日晚上曾看到周不凡慌慌张张地回来。

刘公公低头奸笑，他太懂这个朝廷了，想将一个子虚乌有的事做成铁案简单得很，只要有人证、动机、证物，再离谱的案子也能做成铁案，只要你花钱买些人证，让他们好像看见了。再随便安插个动机，这可是皇位，要说起来那天下人都有动机，至于证物嘛，和人证一样简单。

不一会，证物也带上来了。是周不凡在刘公公府上写下的状纸，上面供述了自己是受诸葛明指示，刺杀皇帝不成，诸葛明再假意救驾洗脱嫌疑。虽然没有画押但却是周不凡口述，狱卒书写，还有狱卒可以做证。几个狱卒模样的人跪了一地点头称是。

周不凡不死心，又要求同马天对质。待马天带到，大家聚精会神的都朝他看去。果真二人长得一模一样，真是稀奇得很。

周不凡讲："草民自己不过是个诸葛府的杂役，什么功夫都没有，如何刺王杀驾，而马天却是马头山大王，功夫了得。当日刺杀皇帝的是他马天才对。我主万岁明察。"

马天跪在地上磕头喊起冤来："草民冤枉，草民不过是个江湖人罢了，虽在马头山成立了个江湖帮派，这些年遵纪守法，并未踏入过京城半步，也根本不认得刘公公。我有证人可为草民做证。陛下明察。"三司又传了证人上来。有马头山的帮众，证明当日马天的确在马头山，没有到过京城。还有几个江湖人，称马天忠君爱国，是江湖上的侠客，绝对不会做这种大逆不道的事。几个人跪了一地，磕头如捣蒜。

刘公公再笑了笑，拍了拍手，又上来几个人。说是周不凡的亲戚，从小看着周不凡习武长大。周不凡咂舌，不知该如何是好，只指着刘公公大声叫骂起来。"你这阉贼胆大包天，陛下御前哪能容你收买这些市井小人来这里胡说八道。”又指着那些刘公公准备好的证人大声喝道：“欺瞒圣上，可是掉脑袋的大罪，你们得了这阉贼多少银子，连命都不要了么？！”几人依旧跪在那里，面不改色齐声喊道：“草民所言句句属实，万岁面前不敢撒谎，请各位大人明察。”诸葛明则是皱着眉头在一旁默不作声，刘公公这是有备而来，件件都想到了，周不凡举一条，刘公公那都准备了应对之策，如今不管真假，刘公公与万贵妃认准了没有证据在，周不凡只怕是翻身不易了。万贵妃则是声泪俱下哭哭啼啼，殿上顿时就乱成一团。

眼见案情明了，周不凡罪名就要落实，突然周不凡大笑起来，指着刘公公道：“干爹，既然您不仁就休怪我不义了。”刘公公被他这一指心里也是莫名其妙，这小王八蛋是疯了不成。

就见周不凡朝着诸葛明磕了三个响头，然后站起来对着皇帝讲了另一番说辞。“草民承认，当日确实是草民刺杀陛下，但这都是我干爹指示，刘公公就是草民的干爹，是他指使草民幼时混入诸葛府，暗中搜集诸葛大人的罪证，但几年下来毫无所获。这才想出让草民去行刺陛下，然后嫁祸诸葛府，事后也是刘公公帮助草民逃出大牢，否则单凭草民这三脚猫功夫如何逃出刘公公地牢，又如何逃出刘公公所掌管的京城守卫，逃出后拿着刘公公给草民的银两在滕州买下了温泉山庄，结果突发瘟疫身份暴露。原本想着借着马天与自己相似将所作所为都推给马天，但没想到刘公公翻脸欲置草民于死地。于是干脆全盘道出。来个鱼死网破好了。”

刘公公没想到周不凡有这么一手，当下没有准备，申辩起来也是结结巴巴漏洞连连。

三司也是头痛起来，本来对立的两人怎么又搞在一起了。皇帝在内阁也是听得云里雾里，心烦起来。魏公公在一旁讲：“陛下，眼看周不凡刺杀一事已经是板上钉钉子不用再审。只是幕后主使到底是刘公公还是诸葛明还不明了。不如今日就先审到这里，让三司回去再准备一番。奴才也查到些东西，眼下还不确定，待过几日查实后再议，陛下听了这一日的疯言疯语也累了，休息吧。”

皇帝揉揉脑袋，点了点头，授意魏公公传旨。

内阁又传来魏公公尖细的声音。“陛下有旨，周不凡行刺一事证据确凿，幕后主使一事，明日再审。周不凡、诸葛明、刘公公、马天由三司分别收押。为防串供周不凡马天关押在大理寺，诸葛明关押于刑部，刘公公则由都察院收押。退朝。”

三司大人跪下领了旨，将几个人带了下去。这一场闹剧总算告一段落。

入夜大理寺天牢里，也不知是为何，长得极为相似的两人竟然被关在了一间牢房。

周不凡一改白日里在大殿上的慌张无助，反而镇定起来。倒是马天与周不凡关在一起，心虚得很。两人各坐一边，相顾无言，就这么你看我，我看你，照镜子一般。

就这么耗了许久，突然牢门口进来一个女子。戴着斗篷走到周不凡牢房外喊了一声“不凡”，周不凡闻声赶忙跑到她面前，那人把斗篷帽子取下，漏出脸来，就见头上插了支红珊瑚做的金鱼簪子，正是诸葛珠珠。珠珠托了关系，又买通了守卫，提着一个食盒到了周不凡面前。

两人面面相觑，一时不知该说什么好。珠珠打开食盒，里面放了一盘棋和一壶酒。小声说道：“这是红姐托我带进来的。我能做的只有这些了。”周不凡红着眼睛看着珠珠，珠珠瘦了一大圈，眼窝发黑，眼皮也肿了，不知是在家哭了多久。想开口宽慰，却又不知该从何说起，结果张开嘴半天只说了两个字“谢谢”。

珠珠不理他，只低头一面流泪一面把几样东西递到牢里。待东西全取完了，站起来背过身问了一句：“你当真是刘公公安插到爹爹身边的么？”她不信，她怎么能信。眼前这个人一直护着她，宠着她，天天变着法的给自己买好东西吃，除了爹爹，最疼她的人，怎么摇身一变竟成了刘公公安插进府要置他们父女于死地的人。

周不凡低头不语，不知从何说起。珠珠不愿再等，也不敢再等，她太害怕听到周不凡承认，起身就要走。周不凡在身后只说了一句“珠珠，对不起”。听到此言，珠珠再也忍不住，哭着跑出了天牢。

马天在一旁看的也是云山雾罩，忍不住问了一句：“你真的是刘公公安插在诸葛府的？”毕竟刘公公的为人，马天现在也觉得靠不住，这周不凡说是刘公公的人也真的说不定。

周不凡收起与珠珠分别时的难过，整理好心绪，回头冲马天冷笑一声：“是啊，我的确是刘公公的人，不过你曾经是他的弃子，现在弃子是我罢了。”

周不凡对马天讲，本来自己只是为了刺杀失败后刘公公准备的后手，为的就是嫁祸给诸葛明。然后他再出城杀了马天灭口即可。谁知中途却被朝廷发现了。功亏一篑，刘公公为了自保也为了扳倒诸葛明，只好将他舍弃，力保马天无罪。

马天听了，果然同车无缘猜测的分毫不差，心里当下就轻松起来。还假惺惺对这个自己的替身表示了那么一丝丝的同情。

周不凡摇摇头。“罢了，我眼下已经是必死无疑，而你无罪已经被刘公公坐实了，明日，活着离开京城的只能是你了。”拿起酒壶与棋盘，“人之将死其言也善，你我长得如此相像，说不定前世咱俩还是兄弟呢。来吧，马大哥，咱俩下棋打发时间，输的喝。”然后为证清白先给自己倒了一杯饮下，证明此酒无毒。

马天想着下盘棋，喝个酒也好。反正他马天是一定能活着走出去的。于是就同周不凡下起棋来，打开棋盘倒是吃了一惊：“你也会玩龙虎棋啊，老弟，你可算栽在我手里了。”说罢就同周不凡下起棋来，他用龙，周不凡用虎。几盘下来，先是周不凡节节败退，但不过几盘功夫周不凡就摸清了他的路子，反败为胜赢了几盘。

两人你一杯我一杯直喝到后半夜，突然马天头晕起来，心想不好中毒了，他赶忙大声呼救，但周不凡也是一副中毒的样子，伸手捂住了他的嘴，马天眼见就要失去知觉，临昏过去前，他只听到周不凡虚弱地在他耳边带着哭腔说了句：“师兄，这是我唯一活下去的机会了，对不住了。”然后两人便不省人事了。

第十四章

狸猫换太子终不成

不凡遇害天牢殒命

第二日皇宫大殿，周不凡与马天躺在殿上，几位太医轮着给两人把脉。然后禀报了三司他们是中毒昏迷，眼下没有解药只能靠他们自己熬了。能熬过今日醒来便无大碍，熬不则过必死无疑。三司这边为难起来，这该怎么办。眼下案子审到一半，周不凡刺杀皇上已成定局，就差审出谁是幕后主使了，二人却同时中毒了生死未卜。

刘公公心想，周不凡啊周不凡，你这点偷天换日的小伎俩想瞒过我也是太天真了。当即跪下说道：“奴才有个想法，这周不凡与马天同时中毒，又在一间牢房里过了一夜，难保不会偷天换日。皇上圣明，请准我传人分辨，此人绝对不会认错。”

皇上想了想刘公公所言的确有道理，也是让魏公公准了所请，让他传人上来。就见殿外走进一位公子，一身蓝衣，样貌俊美，此人自称是马头山二当家，来人正是车无缘。马天此次进京把车无缘这位智多星也带来了，一为牵制刘公公，二来正是为了防止眼下这种情况，为此车无缘还专门在他身上做了记号。

车无缘缓步走到殿内，朝皇帝跪下磕了三个头。然后起身分辨起来。围着两人转了一圈“咦？”了一声，似乎是吃了一惊。刘公公大喜，“怎样？是不是被换了。”车无缘点点头，又拿起两人的手左看右看起来。然后拉起周不凡模样的人的手说道：“启禀陛下，正如刘公公所言，我家大王被调换了，此人才是我家大王。”

刘公公笑了笑，果然同他想的一样，周不凡啊周不凡，你最后的活路也让我断了。眼下真假立现，你也是吉凶未知。幕后指使我与诸葛明各执一词根本无从查起。大不了最后就以你自己胡言乱语为名搪塞过去，我与诸葛明不过两败俱伤平手而已。反正刺杀皇帝之人是你已经被我坐实，诸葛明也无法帮你翻案。凶手既然死掉就好，谁还会追查下去呢。刚想至此，就见车无缘怀里的马天呻吟几声，眼看就要醒过来了。

马天醒后将昨日在牢内发生的事讲了一遍，说是那周不凡心灰意冷承认了自己罪行，说自己难逃一死，死前想同自己喝次酒。他见周不凡先喝了一口，也就没有多想跟着喝了起来。谁知却突然中毒失去了知觉。等他醒了就发现自己被换上了周不凡的衣服，好在自己的二当家认出了自己。三司为保险起见，问道：“既然你说你是马天，那在你眼前之人，你可认得？姓甚名谁？祖籍何处？”

马天起身回答道：“这是我马头山二当家，同我一起进的京城，他姓车名无缘，祖籍记不太清，似乎听他提起过是江南一带。”三司听了点点头，与案上所记分毫不差，此人正是马天没错了。

可是周不凡还未醒，魏公公小声提议不如先将周不凡再收押到牢内。至于刘公公与诸葛明，就各自回府即可，他明天自有办法破案。

皇帝点头准了。

只是刘公公怎会再给周不凡机会，决不能让周不凡醒过来，不然还要费很多工夫，为保万无一失，回府后传了身边一个功夫好的太监让他去关押周不凡的大牢走上一趟。

当夜牢内传来消息，周不凡毒发身亡了。

周不凡已死，本以为万事都无从查起。刘公公自以为万事尘埃落定，谁知魏公公启奏说他已经查出真相。要密奏御前，先将刘公公监禁，皇帝允准，刘公公当下便被送进天牢收押。

魏公公言明，指示周不凡吮香楼刺杀皇上的，正是厂卫都督刘公公。刘公公先是同万贵妃勾结，冤死侍卫统领架空皇上身边守卫。再以万贵妃装病不能侍奉圣驾为由将皇上引至吮香楼，由之前安插在诸葛府做杂役的周不凡前来刺杀。刺杀失败后，皇上由诸葛明所救，刘公公一不做二不休，与周不凡商议，以他在诸葛府做杂役的身份嫁祸给诸葛明。事后刘公公私放周不凡谎称逃狱，还给了他大笔银两逃往滕州安身立命。谁知在滕州周不凡发现了与其长得一模一样的马天，周不凡为了摆脱自己的逃犯身份，欲擒住马天用其顶罪。于是向刘公公传信求助，刘公公私自派了厂卫助周不凡围剿马天的马头山。谁知滕州突发瘟疫，朝廷彻查，周不凡暴露。周不凡与刘公公为了自保互相指证，后来就有了大殿上对质的闹剧。周不凡眼见翻案无望只好和盘托出，在牢内又骗马天喝下毒酒，想要狸猫换太子逃出生天。谁知又被马天的二当家识破，功亏一篑。昏迷的周不凡收押后，刘公公为防万一竟然指示手下，在牢内刺杀了周不凡。

皇帝哗然，问魏公公可有证据。

魏公公启奏搜宫，皇帝允准，当下由魏公公派人搜查了厂卫府与刘府。不出半日果然查到了证据。

刘府查到了一张字条，上面写着“来袭求助，周不凡。”

在周不凡曾藏身的红泉山庄也找到了吮香楼的地图，上面还有刘公公批注的动手日期时辰，以及逃出京城用的令牌手信。

厂卫府又查出了刘公公确实在滕州突发瘟疫前曾经私自派兵前往滕州。

至于杀周不凡灭口一事，魏公公传来一个太监，正是刘公公身边一个内监，昨夜刘公公指示他潜入大牢杀了周不凡，在逃走时被魏公公埋伏的人捕获。

皇帝勃然大怒，怎么会是这样，虽然他也有疑惑，但刘公公是什么人，当年帮他登上皇帝宝座，也是这些年最为宠信亲近的奴才啊，如今竟要勾结万贵妃杀自己。条条桩桩件件都已被魏公公查实了，这该怎么办，难道要让天下人耻笑他这个皇帝，被自己的奴才和妃子耍得团团转不成。正一筹莫展时，魏公公走到身边小声献上一计。

“陛下，老奴倒有一计。”

皇帝揉着头朝着这个奴才看去，此人也是宫中的老人，平日里默默无闻，但几次三番下来办事倒是极为稳妥。不如听听看他有什么主意。

魏公公一面帮皇帝揉着太阳穴一面轻声细语道：“此事可大可小，往大了说，把真相公布于众，不免有损天家威严。若是往小了说，倒也好办，三司既然已经查明刺杀皇帝的就是周不凡，那就把周不凡推出去就好了。至于今日奴才查到的这些东西，除了陛下与奴才不会有其他人知道。而刘公公与万贵妃，也请陛下交给奴才来办，绝对不会让陛下失望。”

皇帝这几天心力交瘁，实在不想再在这件事上费工夫了，就依了他好了。于是给魏公公下了几道密旨，剩下两人就交给他去处理吧。刘公公这个狗奴才死有余辜，至于万贵妃，哎，可惜了。想到此处心间痒肉又痒了起来。

魏公公体察圣意，从怀中取出一幅画像递到皇帝面前。打开一看，竟是个绝色美人。魏公公在耳边小声说道："奴才前几日找到的人，已经送进宫了，请陛下放心。"

皇帝再看眼前这个低眉顺眼的魏公公，这个奴才真不比刘公公差。这些年来朕怎么就没发现呢。

第十五章

刘府倒台含恨而终
珠珠雪夜独诉钟情

刘公公此时依然不慌不忙地端坐在堂中，喃喃自语守着自己烹茶的炉子。魏公公将他从牢内带出，送到了已经被官兵围了里三层外三层的刘府。堂外哭喊声，讨饶声不绝于耳，官兵已经冲至内院，大门紧闭他们就扛了冲木来撞，一声一声的撞击，那扇木门随着撞击发出刺耳的哀鸣，已经挡不了多久了。

而他还是聚精会神地烹着自己最爱的冰雪翠，眼见着火候正好，赶紧小心翼翼地捧到嘴边，颤抖着张开嘴唇，抿了一口。终于喝上了火候时辰正巧的好茶了。

“你倒是看得开嘛，让你出了天牢，居然又把你带回了老巢。皇帝这是不想治你的罪，想让你死到自己府里吧。想不到他还挺在乎皇家脸面的嘛。”吴老头弯着腰从堂门口走了进来。

“你怎么出来的。”刘公公见吴老头居然从地牢逃了出来也是吃了一惊，但转念又笑了笑，“算了，当初周不凡那个小王八蛋能逃得出来，奴才我就猜是你这位神通广大的主子所为。”

吴老头也不客气，直接坐到刘公公对面，自己给自己倒了一杯，抿了一口：“呸，这是什么茶，又苦又涩。”

刘公公看着那扇已经快撑不住的木门：“您位高权重，吃不得这个，多一分少一刻都会变味的。”

那扇门的门栓已经快撞烂了，木屑掉了一地。吴老头一面看着刘公公此刻落魄的模样，一面讥讽道：“哎哟，咱们聪明绝顶的厂卫都督刘公公，最受皇帝宠爱信任，怎么也落到这步田地啦，赶快给老头子我讲讲。”

刘公公此时已经狼狈不堪，灰白的头发散落着，衣领也被扯开，牢里没少受关照，一只眼睛被打得睁不开，眼皮半开半合，露出的眼白已布满红丝丝的血管，红通通的，就连金牙也被掰掉了，张着嘴说话都漏风。

刘公公不理他，只是看着自己的可悲模样在茶水里的倒影。

“你个老东西，有什么资格说我，当年的你比我还要风光，如今不也是一副臭肉皮囊罢了。”刘公公反倒笑了起来，但牙齿漏风，笑起来就像一只破了皮的灯笼，丝丝拉拉的。

吴老头愤愤地说：“是，吴老头我年轻时是败在你手里，被你囚禁了这么多年，但你若是收手，老老实实做个太监不就好了，偏要当个没根儿的皇帝，也不至于这下连命都要搭进去。”

"命，我要这破命有何用，你知道这刘府是盖在什么上头吗？"刘公公瞪着吴老头，眼睛似要滴出血一般。

"红叶山前。"

"主子贵人多忘事啊，先帝登基八年，朝中有位刘中堂你还记得？那刘中堂不愿卷进琳王与魏王的争斗几次请辞，先帝就是不准，利用刘中堂不断压制两王势力，最后魏王发难，琳王落井下石，两王捏造刘中堂谋逆，先帝龙颜震怒杀了刘中堂九族，当时共有五十多口人，都死在这。"刘公公指着地下，"先皇利用了奴才的爹打压两王，然后两王报复，先帝又毫不犹豫杀了他，还有奴才的娘，奴才的弟弟妹妹，都埋在这块土地。若不是我的伴读冒死换上我的衣服，假意逃走被当场绞杀，我这才有了机会改头换面逃了出来。"

吴老头看着刘公公此时癫狂的样子也激动起来："你是刘中堂次子刘然？！"

"主子好记性，还记得奴才的名字。我换了名字，却不愿换了姓，就是不想忘了这仇。当时两王得势如日中天，天下哪里还有我容身的地方，好在先帝不光就这两个儿子，我净身入宫，想尽一切方法终于成了如今陛下身边的内监，奴才好生辛苦啊。"刘公公笑了笑，"主子不成器，咱们做奴才的就要多费心，我费那么大劲让两王死斗，又让先帝亲眼瞧着，为的是什么？为的就是让他亲眼看见自己最宠爱的两个儿子一个被另一个所杀，哈哈，当真有趣的很啊，我到现在都忘不了魏王死时的表情，即便是朝廷争斗，但他怎么也想不到，他的亲弟弟真的会杀了他吧。当时我就想啊，若是我做了皇帝那该有多好，天天看着你们彼此争斗厮杀，最后同归于尽，你们这些主子太有意思了。”

吴老头低着脑袋，狠狠地瞪了刘公公一眼，手上骨节咯咯作响。刘公公也不怕他：“主子你也别急，你看这刘府的土地，不定哪块石头下面就藏着你我仇人的骸骨。”

吴老头叹了口气，罢了，他一个大势已去的老太监，那些事也过了这么多年，他在牢里也早就看开了。“你报了仇不就够了，还是放不下吗？”

刘公公突然站起，指着地面，怨毒地瞪着吴老头：“放下？又是放下吗，让我怎么能放下，我一同长大的好友为我死在这，我的家人，我的族人都在这里被屠杀，我在这里盖了这刘府，至今连一副完整的骸骨都拼不起来，当时这里是怎样的场景，只怕是地狱一般。你们这些高高在上的主子一句放下，就想我立地成佛吗？不！偏不！我没了亲人，没了挚友，没了爱人，我什么都没有了，我偏要恨，我恨你们这些皇权在握的主子，我恨我自己的命，我偏要让你还有你们整个皇族统统都尝一尝这家破人亡的滋味！”

此时，堂外木门“咣当！”一声巨响倒了下去，门外的官兵举着火把就往里冲。吴老头叹息一声，在屏风后身形一闪便不见了。刘公公猛地一拍桌面，手上已戴上一副金刚爪，利爪刺进桌面，掌心用力红木圆桌直接被拍得粉碎，刘公公借着掌力飞身而出。刘公公招式阴险毒辣，专抓脑门胸口，被他抓到的不是脑浆迸裂就是胸口多了个血窟窿，一双钢爪上下飞舞，一张一合间便收割了几条冤魂，人群中哀嚎连连。刘公公此时已经杀红了眼，疯子一般，空门大开，身中数刀却依然没有停下，恶狗般在人群中厮杀。

刘公公杀的兴起，自己今日是要死在这里，但死之前也要多拉上几条人命陪葬，突然身边官兵朝两边散去，就觉得面前一物飞来，伸手便挡，是一支凤尾箭，掌心一握便将其折断。但后背却是又来了一物，赶忙用另一手去接，却不是弓箭，似乎是绳索一般，刚一碰到就像蛇一样绕过胳膊缠住了身体，越收越紧，“穿心锁？！不可能！”一边挣扎，一边朝此物来处望去，就见人群中前呼后拥的护着一人，看清那人面貌刘公公吃了一惊“怎么是你这个小人，姓魏的，怎么是你？你怎么会有穿心锁？！”

人群散开，打中刘公公那人也不说话，伸手放下弓箭，把手往身边一托，几个小太监赶忙捧着，仔仔细细地用帕子擦了，小心翼翼地给他带上护甲。几个小太监搬过一把圈椅，那人坐下，身边几个小太监赶紧伺候着，一个小太监递了盏茶奉承道：“魏公公身手了得，小的拜服。”那人就悠哉地伸手接过茶盏，饶有兴致地看着刘公公倒地挣扎的狼狈样子。

慌乱中刘公公赶忙想要挣脱，但穿心锁越是挣脱，就越是收紧，逐渐陷进皮肉，鲜血淋漓。刘公公挣扎间突然想到了什么：“我知道你是谁了，当年你们全家都死在我手里，清点尸体时，唯独少了一人，说是负伤逃走，哈哈，你居然还活着！你居然换了脸？你竟然进宫做了太监！哈哈，笑死我了。你想我死在你手里，做梦吧你！”

刘公公挣扎站起身朝屋内逃去，用身体把茶炉撞翻，炉内的火炭滚了一地，引着了堂内纱帐子，火借风势瞬间围住了整个大堂，熊熊大火热浪翻滚，火苗和火光的影子在刘公公眼里纠缠在一起，仿佛映出一张张人脸一般。刘公公就在这火光里一会哭喊着“爹娘，孩儿好想你们啊。”一会又惊恐万分地大叫道：“彦侍卫，魏王，你们不要跟着我！都给我去死，去死啊！”

就见他在这火中忽哭忽笑，忽疯忽闹，四下冲撞，不一会儿就被火焰包裹住了身体，火人似的冲了一段距离，然后就倒在地上哀嚎挣扎，官兵被火势阻挡近不得身，眼睁睁看着大火活活地将刘公公烧成一具焦尸。

魏公公冷笑一声：“刘府上下，全给我点了，活口一个不留！”

刘府火光冲天，京城另一边的诸葛府都能看到。诸葛珠珠坐在院子里，神情已经不似前两日那般悲苦，只是多了丝淡然，她面前放着一碗桂花汤圆，热气腾腾地舀了一颗，吹了口气，含了下去。再抬头时觉得脸上凉丝丝的，下雪了。鹅毛似的大雪。诸葛明走进内院看见珠珠一个人站在雪地里出神。

“珠珠，那阉贼已经落马了。不凡赢了。”

“哦，是吗，刘公公死了又怎样，不凡呢，他能回来吗。”珠珠看着眼前逐渐泛白的地面，真是可笑，为什么刘公公死了她会欣慰呢，周不凡不在了，即便整个厂卫死绝了那又怎样，又和她有什么关系。“我不关心历史，我不想知道爹爹和刘公公的恩怨，我也不懂内奸干政的厉害，我只是不凡……身边的人，我只想他好好的。”

诸葛明被珠珠一噎，本想再用刘公公的死宽慰几句，毕竟也算报仇了。无奈只好拉着珠珠往里屋走，“别站雪地里了，回屋吧。周大娘我会安排的，她的失心疯又犯了，眼下谁也认不得，或许也是件好事吧。”

珠珠站在雪地里，伸手接住一片雪花，看着雪花静静地飞到掌心，融化，变成一点水渍。“爹爹，您知道当初为什么管家不想留下不凡而我执意要留他做我的杂役吗？”珠珠回过头，望着诸葛明，“记得我还小的时候，爹爹整天泡在朝里，总有忙不完的折子，剿不完的匪。我就在这个小院子里待着，咱们府上没有几个侍女，爹爹就派了很多侍卫护着我，我从小习武，学习兵法，就为的爹爹您能多陪陪我，我以为我学会这些爹爹您会开心，可自从爹爹掌管了京兆府就更少回家了。那年乞巧灯会，京城上下挂满了花灯，大家都去赏灯了。而我却还在府里等着爹爹，最后爹爹的侍卫说您今夜不回来了。我赌气一个人偷着从这个院墙翻了出去。”珠珠望着那个院墙出神。

当年珠珠还只是个小胖丫头，三两下就蹬着假山翻出了院墙。那天珠珠带了很多银两，看到风车就买了最大的那个，看到面具就买了最好看的那个，还买了蜜饯点心，一路看，一路吃。珠珠是在赌气，小小的姑娘只是想多买些东西，好像有这些东西在别人就不会觉得自己没有爹爹陪着。逛得无聊了，正好看到一个很好看的莲花灯，问了老板价钱，刚掏了银子却听见身后几个人围了过来。珠珠回头看去，原来是其他官宦家的小姐。其中一个年龄大的一眼就把珠珠认出来了，“我远远瞅着就觉得眼熟，来来来快让我看看，果真是诸葛府家的千金呢？”

另一个小女孩搭腔道：“诸葛府的千金？你也敢说啊，人家是公主了，平阳公主呢。不过这诸葛府的诸葛大人不就是前阵子弹劾你爹爹的老匹夫吗？我们几个有哪家的长辈没有被这诸葛匹夫告过状，来来来，快让我看看这神勇的诸葛匹夫能生出个怎样的女儿，还被封了公主。”

珠珠听了也不知该如何接话，不过既然是爹爹弹劾了他们的长辈，那便服个软吧，只怯生生地行了一礼，转身提灯便要走，那个年龄大点的小姐赶紧追在后头：“公主？我朝怎会有这样的公主，来来来大家都来看啊，这是本朝的公主呢，说出来谁信啊。真是可笑啊。”

几个好事的小姑娘立马就把珠珠围了起来，仔细打量起来。珠珠小时候就生的胖，加上刚才又吃了不少蜜饯，脸上黏了蜜糖，小花脸似的，穿的也是普普通通。几个人见她这样子立马嘲笑起来，小姑娘家家平日里聚在一起没少说别人家的坏话，嘴皮子那叫一个顺溜，损起人来舌灿莲花。珠珠站在中央羞的赶紧把面具戴上，几人见了笑得更大声起来。

珠珠缩在中间低着头只得默默地听着，眼泪大颗大颗地掉在地上。“真不愧是公主，这眼泪都比咱们大了许多呢。”年龄大的那位小姐瞧见珠珠新买的莲花灯，“我说公主啊，您怎么能拿莲花灯呢，您这体型该拿个向日葵或者菜花灯再不济也该买个大萝卜灯才对啊。”一把把珠珠的莲花灯夺过来，撕了个粉碎。撕了灯笼还不解气，又来抢珠珠的面具。珠珠正要挣扎的时候，一个小子撞了进来。

那小子跌跌撞撞拿着一面算卦的旗子：“几位千金生的甚是美丽，来小生这算上一卦吗。”

年龄稍大的见这小子嘴甜，便笑道：“那好你来算算，我和这个戴着面具的丑八怪谁是公主的命。”

就见那小子装模作样翻着白眼，嘴里念念有词也听不清说的什么，手指掐算着，眼见围观的人多了，大笑两声。“小姐你没有公主命啊，你说说你仗着人多欺负人家人少，撕了人家的灯笼，又要打人，哪家哪国的公主能做出这么没羞没臊的事，想来家里也是缺少教养吧。”

那位小姐没想到这小子敢这么大胆子，说的这么狠，脸上火辣辣的羞了起来，又羞又怒跺着脚狠狠瞪了那小子几眼。刚要动手，就见围观的人都冲着她指指点点，赶紧捂着脸就跑了。

那小子把珠珠从地上拉起来，拍了拍她身上的尘土。“小妹妹，你没事吧。几个小泼妇而已，你不要放在心上。”说罢看了眼地上被撕得稀碎的灯笼，从身上摸出几个铜板，到一边小摊子上买了个小灯笼，只有巴掌大小，是个小金鱼，白宣纸糊了肚子，红纸糊了鱼背鱼鳍，细细的竹签子不过几根撑着，但却十分生动，胖胖的鱼身里只装了一个蜡烛头，烛火点点，照在金鱼身上就像水波的闪光一般。那小子提了这个小灯递给珠珠，“呐，送你了，不要哭了吧。我还要赶紧回家呢。”

珠珠提着灯，灯火映着那个小子的脸，脏兮兮的，眉眼生的普普通通，瘦瘦的。就见他笑了下，转身扛着旗子就跑掉了。

“后来，我在家门口又看到了这个小子，他卖身做了家丁，管家嫌他身子弱不想要，但他冲我笑了下，我一眼就认出来了，他就是乞巧节帮我解围的那个算命小子。我把他留下做了我内院的杂役。”

诸葛明拉着珠珠：“好了女儿，不要想了。”

珠珠就由着诸葛明拉着：“爹爹，女儿问过你，两个人相处久了会变成什么关系，您说就像您和母亲一样，开始是朋友，后来你们相爱，再后来成了亲，有了我，你们后来像亲人一样。可我和不凡呢，我们是什么？我不想作他的亲人，我也不想做他的朋友。我就想一直爱着他，他把我当作妹妹也好，把我当朋友也好，都无所谓。只要他心里有我就好。”

诸葛明回头看着珠珠。满脸吃惊，他从没想过一向害羞的珠珠能讲出这么一番话来。

珠珠像是给自己说的一样，两行眼泪不住地流了下来：“是啊，我该早点告诉他的。其实该早点说的吧。”雪还在下，跟每年的雪都一样，只是今年的雪格外冷。

第十六章

机关算尽马头山

整装待发一行人

不远处的马头山，雪已经停了。厚厚的积雪压弯了松枝，待到再承受不住了，“砰”的一声，从松枝滑落。一只松鼠从雪堆里爬了出来，抖了抖身上的雪沫，跳跃着跑进森林深处去了。

平日里山寨总是热闹非凡，但如今不知怎的，安静非凡，连积雪滑落的声音都听得到。好不容易见一间木房总算冒出炊烟，给这死气沉沉的山寨带来一点人气。

房门前一个人匆匆忙忙地烧着热水，原来是梁明。“哎，大清早的，非要吃鱼，还好这山寨不缺吃食，要不然那可怎么办啊。”正犹豫着，背后出来一只手勾住他脖子，他赶忙挣脱开来。回头看去，眉目如画，一身蓝衣，正是车无缘。车无缘尴尬地笑了笑，这个小子对他防备心还是很重啊。那日都解释了好久，自己是二平专门从江南请来帮忙的，“小舅子啊，你说说你师姐怎么还是不怎么理我啊”。

梁明心想，理你才有鬼，当日在滕州交手时师姐跟他交过手，虽然他已经留意到对方故意放水，但毕竟他师姐是全力迎敌落了下风，回到山庄郁闷了好久，之后几天不是闷在房里练功，就是拉着他和二平拆招。“哦，我师姐这个人吧，比较慢热的。”

车无缘从怀里掏出一只锦帕包着一支红宝石的发簪，正是滕州与孟红交手时从她头上取下来的。拿在手里望着那颗红宝石两眼放光。“那你师姐平时喜欢什么啊？”

“喜欢骂人。”梁明不想跟这个花花公子纠缠，只安心熬着自己的鱼汤，一点点撇汤头的浮沫。想着最近天寒，还是再做个鸡汤好了。伸手从笼子里挑了一只又肥又老的芦花母鸡，对着车无缘说：“就它了，你把鸡杀了，收拾干净，一会我要给大家做个鸡汤。”车无缘站在那，“你看在下这身衣服，很贵的吧。你居然让我去杀鸡？”梁明看了他一眼，“我这身衣服是我师姐亲手做的，若是弄脏了我师姐可是要发火的哦，到时候我就说你不愿意帮我杀鸡才弄的。”车无缘赶紧从身上抽出一把短剑，一只手伸进鸡笼把那只幸运鸡抓出来，手腕翻飞，几下工夫杀鸡拔毛统统完成。梁明看得都呆了，这也太厉害了。车无缘看着梁明的样子撇嘴笑问道：“想学吗，我平常不怎么使剑的，这套剑法给了我也可惜。”

梁明赶紧讨好：“我学，我学，师姐那里我会帮你说好话的。”

“那我可回去了哦。”

“嗯，去吧，煮个饭而已，我一个人没问题的。”

于是车无缘大摇大摆的把厨房让给了梁明。梁明另起炉灶用几块松树皮生了火，点了炭，淘米水把角落那只砂锅和刚归天的母鸡洗得干干净净，鸡肚子塞上山奈花菇香叶，倒上水，葱段，蒜瓣，又切了些腊肉丝，锅底用棉布方巾小心地擦了又擦，放在炉子上，盖上盖子，把炉屁股盖子盖上，就这么小火慢炖了起来，不一会儿，整只鸡的香气就沿着锅盖滋滋飘了出来，煮鸡汤啊，这香气最折磨人，梁明还是得守着，无聊了就抽一根粉条，伸进炉火，一下就烤得涨起来，脆脆的伴着焦香解馋，慢慢泡沫跑尽了才能打开盖子，汤水才会透亮，可怜的老母鸡完完整整地泡在汤里，汤头挂着黄亮的油花，这才算好了。小心翼翼地端着往回走去。

那房里的人正在收拾行李，而收拾行李的人正是孟红与二平。而在孟红身边缠着她又是端茶又是倒水，不停献着殷勤的人竟然是之前的马头山二当家——车无缘。孟红一边收拾一边抱怨：“老娘好不容易打下的山头，如今要拱手让人真是不爽的很。”

此时周不凡推门而出看着几人笑道：“这马头山太晦气，咱们换个地方招兵买马卷土重来。”

二平看着他不住地点头：“嗯，不过说起来你不愧是老孙的徒弟，死路都能活着走回来。”

对方点点头：“马天呀马天，替我向阎王爷问声好吧。”

原来当初李进忠在三部大牢都安插了人手，等周马二人入狱，随后让珠珠给周不凡送来事先由孟红投入毒药的毒酒，中毒者若无解药一辈子都将睡死过去，而周不凡被押走前安排他们众人围剿马头山，一夜间马头山的人早已被滕州的人取代。而车无缘就是二平一开始就打入马头山的探子。车无缘是江南人，也是二平江湖上的旧友。孟红、梁明也没见过他。动身前一天将马天用迷药迷倒。再带人由内而外与二平一行人趁着夜色，将马头山的人尽数斩杀，全部换成了红泉山庄的人马。待到第二日一早就将药性未退的马天拉起，一起上了马车朝京城去了。这期间马天迷迷糊糊也没发现破绽。

而在牢内周不凡骗马天同他一起喝下毒酒，然后一起晕了过去。再让车无缘提前记好真的周不凡手掌上的记号，大殿之上指鹿为马，一面将他抱起然后把梁明事先备下的解药刺进周不凡体内，让周不凡醒了过来。一面趁机将马天认作周不凡并将孟红制好的毒针刺入马天手腕，当天马天真的就毒发身亡。

孟红不解起来：“你既然确定刘公公一定会趁假的周不凡中毒的时候去杀他，那你为什么还要让这个……”把缠着她的车无缘一脚踹开：“还要让这个色鬼用毒针去刺他，那岂不是多此一举吗？”

周不凡一面整理自己的包裹，一面不慌不忙地说：“为了以防万一，万一他在大殿醒了，万一他在牢里醒了，万一刘公公没有派人去刺杀他，万一刺杀失败怎么办。马天必须是要死的。我只能预测一个有行动能力的人他会做什么，但我无法控制一个昏迷不醒的人，马天是唯一不受我控制的棋子，所以他必须万无一失的去死。”说罢，眼睛里闪过一丝寒光，但立马又恢复正常笑道：“另外，他怎么说也是和我师出同门，是我的师兄，给他留个全尸吧。”

孟红“咦？”了一声，“师兄？马天？”

周不凡苦笑了起来：“你还记得珠珠是怎么受伤的吗？跟马天相斗那段日子，我就觉得马天一个土匪怎么会懂得排兵布阵？后来才发现马天的路子和我出自一处，只是反过来罢了。教他的人在每一手里都留着破绽，正好被我克制。那日在牢里，果不其然，我拿出棋盘，他会……”周不凡揉了揉眼眶，孟红也不知道该说什么，梁明沉默不语，倒是二平拍了拍周不凡肩膀，安慰起来。

那日周不凡捂着马天的嘴时，心里还是不自觉地挣扎起来，他这一步等于是将这个人推向了死路。只是没有办法，周不凡要活下去，要让诸葛府洗清刺王杀驾的罪名，他要让珠珠好好地和诸葛府一起活下去。所以他必须要狠，哪怕从此以后他再也不能做自己，变成一个江湖上人人喊打的江洋大盗，哪怕午夜梦回马天的亡魂找他索命，他也要那么做。他不后悔。至于珠珠，眼下虽然除了刘公公，但周不凡总觉得事情还没有结束，他不想再把珠珠卷进来。剩下的事是他们与上一辈人的恩怨，他梦境里被撕去面皮的人，梁明不愿提起的往事，孟红死去的小妹，以及孙半仙的身份，二平师父的行踪，帮他娘治病的黑袍人，还有那个吴老头。若真的这一切都是他们精心策划，那绝对不可能只是为了除掉刘公公就到此为止。他们要做的是比这更大的事情。

刘公公怎么都不会想到，马天死后第二日，那封呈上御前的求救信，正是被诸葛明修改过的那封密信，原文是“周不凡来袭，求助”。被诸葛明将“周不凡来袭”，撕去了一半，在“求助”之后添了“周不凡”三个字，这样收信的刘公公还是会明白马天的意思，“求助。周不凡。”但这封信在皇上眼里，周不凡三个字就成了落款。刘公公有口难辩。不但如此，还有车无缘从马天那里骗来的他与刘公公通信的地图，出城令牌和手信。再加上在滕州瘟疫前刘公公曾经派人支援过滕州方向，来人都被干掉了，所以到底是支援马天还是周不凡，他也说不清楚。周不凡设计这些的时候他就舍弃了自己的身份。

孟红见大家都不说话，各有所思的样子，一把推开朝他献媚的车无缘，问道：“不凡，咱们为什么非要搬家啊，就接了马天的盘口不好吗？当个山寨大王也挺好玩的。”

周不凡摇摇头：“你们知道吗，万贵妃被杀了，处理得很隐秘，对外只是说突发肝病暴毙，而她儿子不日也要送到叶柏城做人质了。真是连自己儿子都没有放过。皇帝估计也不会放过我。另外还有人你们不觉得最近很少见到了吗？”

孟红想着：“谁啊，你这不好好的吗，马天死了，刘公公死了，诸葛明和珠珠在京城好好的，我们几个也好端端在这站着。”

梁明突然想到周不凡所指“李进忠！”

孟红突然恍然大悟：“对了，那个老不死的王八蛋呢？他去哪了，这几天就咱们忙活的跟鬼一样。他死哪去了？”

周不凡笑道：“他可是比你们所有人都累哦。他就是现在的厂卫都督，首席秉笔太监魏公公。”

孟红先是一惊，后又笑起来：“原来如此，又是一个死太监，怪不得说话声音那么粗，一定是装的。还有咱们第一次见面的那日，我就想啊，老娘魅惑的本事没能中招的人，这货一定不是心理有问题，就是生理有问题，果然啊，哈哈哈。”

周不凡冷笑一声：“这个李进忠，原名魏进财，入了宫才改了名字叫魏敬才。李进忠是他的假名，他与咱们不过是有共同的敌人才与我们联手，如今扳倒了刘公公，你觉得他会放任知道自己那么多秘密的我们么？只怕此时他的人马就已经在路上了。”

孟红觉得更加好笑起来：“咱们会怕他么，不过又是个刘公公罢了，他眼下根基不稳，想除掉他，不难吧。”

梁明心思通透开玩笑道：“师姐，算了吧，杀了刘公公又出来个魏公公，说不定哪日杀了魏公公就出来个什么其他公公，您是要把您有限的青春投入无限的斩杀阉贼的不归路上么？”近朱者赤近墨者黑，梁明跟着周不凡久了，竟然也会开起玩笑来。

见孟红笑得开心，车无缘也趁机献起殷勤来：“美人啊，美人，在下生理、心理都没问题，什么时候也让在下体验下美人的魅惑功夫啊。你杀在下就好了。”

说罢几人就嬉闹起来，周不凡看着眼前大闹的几个人，心里突然就踏实起来，不再像前几日那么悬着了，真好啊。

打闹间二平问：“周老弟，那我们接下来要做什么呢？”

周不凡低头想了想：“平大哥不是一直向往江湖生活么，红姐与梁明还有车无缘，当时搜刮刘公公的银票我还省了大半，要不咱们就随便找座山头，也学这马天的样子占山为王，我也想当一次真正的山寨大王呢。”

二平想来也确实不错，金刀怒马，快意江湖，这是他向往的日子。

倒是孟红见了银票立马激动起来。

“银票！你小子要当大王，老娘要当女王，快点给我分点。”

“美人儿啊，你若是女王可愿收我做女王陛下的男宠么？”

“师姐，您慢点，那银票是纸做的，别……哎您看烂了吧，哎呀这可怎么办啊，五千两呐，平大哥您看这银票还能用不？”

几人嬉笑打闹，开开心心地上路了。也许用不了多久，江湖上就又要出现一个山寨大王了吧，带着一个名誉山寨女王，女王再带一个男宠。大王座下有两名大将，一个是威风凛凛的大侠，一个是心思善良的郎中。

只是朝还是那朝，代还是那代。皇城依旧威严。墙上的红漆也不过只是又添了几道裂痕而已。一切如旧。皇帝还是那个皇帝，皇帝的臣子们或忠或奸跪了一地，还是争斗不休，而皇帝身边的奴才依旧是个太监。那奴才小心地伺候着，一边揉着皇帝的太阳穴，一边轻声细语地说：“陛下，宁可杀错，不可放过啊。”

（完）

剧本

编剧：李非　李珏　王匡敏

永康想入非非影业有限公司
映美传世（北京）文化传媒有限公司
北京时代星空文化传媒有限公司
浙江华太文化传媒有限公司
北京果酱互动科技有限公司
北京锐艺多吉文化传播有限公司

1. 刘公公府　夜内

昏暗灯光下，看不见刘公公的脸，只能看见嘴。在他对面，坐着一身黑衣的马天。两人中间是一张浅黄色的木桌。

刘公公手里抱着一只黑猫，黑猫眼睛在昏暗中一闪一闪。

刘公公：

你可知，何谓株连九族？

马天略微抬头，不动声色。

刘公公：

自嬴政始，便已有族诛之酷法，先乃夷三族，至今已至惨无人道之地步，一人犯法株连九族。父四族、母三族、妻二族，上至高祖，下至玄孙，无一人幸免。(叹口气)三十年前，我就曾亲眼目睹，我一好友家中，因一语抱怨，得罪当朝帝王，一家一百四十八口均遭屠杀。幸而我这好友，早被送至江苏旧友家中，方才逃过一劫。后来，他为保命，不惜净身，进宫做了阉人。（叹口气）你说，当朝皇上，如此残暴诛杀满门，是出于何目的呢？

马天：

（露出全脸，已经明白。）斩草除根。

刘公公：

（眼角有泪）那你说，这一百四十八口灭族之仇，该不该报呢？

马天：

马某定将拼尽全力。

刘公公：

（平复下情绪，恢复如常）当今皇上虽荒淫无道，却偏偏生了一个好太子。太子打小起，就好学上进，文武双全。依我看，假使他能继承大统，我大明必将是另一番盛世。所以，你应该知道怎么做。

马天低头，桌上摆着一个万花楼的模型（镜头推入，琵琶声起）。

2. 万花楼大厅　夜内

异域的琵琶声中，一位曼妙的波斯女子，正扭动着裸露的腰。妖娆的身材，一张美艳的脸，跳着香艳的舞蹈。

四周坐满了看客，个个兴奋无比，扯着嗓子叫喊着。

马天：

（os）最近，万花楼来了一个波斯美女。这样的极品尤物，只要传到他耳朵里，他必定会自动送上门来！

化装成富家公子的皇帝，摇着扇子，大摇大摆进来，一副正派的样子。

后面跟着两个护卫，警惕地看着周围。

角落里有两桌，几个糙汉，腰间别着剑，纷纷看向两个护卫。

老鸨挥着丝巾，迎了上来。

老鸨：

哎哟，公子，来了呀，里面请！

皇帝酷酷地看着波斯美女。

波斯美女回眸一笑。

皇帝：

（指波斯美女）把她带我房里来。

老鸨：

（掩面一笑）公子就上楼候着吧，马上就来。

老鸨走开，皇帝往上走，两个护卫跟着。

皇帝：

你们俩，就在这候着。

护卫：

是！

皇帝酷酷地上楼，护卫守在楼梯两侧。

3. 万花楼客房　夜内

皇帝一本正经地喝着酒。

波斯美女推门进来，朝着皇帝行礼。

皇帝一抬头，正经的架子散掉，露出淫笑。

波斯美女慢慢地走到皇帝身边，敬一杯酒。

皇帝没魂地喝着酒，目光紧紧盯着波斯美女，要亲上去，被波斯美女轻轻地推开。

波斯美女跳着舞，不时地抛媚眼。

皇帝傻笑着站起来，跟着跳起来，一把抱住了波斯美女。

皇帝：

哎哟，小宝贝，朕都快着火了……

4. 刘公公府　夜内

刘公公抚摸着怀里的猫，一副邪相。

马天：

这个波斯美女，是我花重金从波斯请来的。人长得漂亮，有着一身的魅术，只要是与之交合过的男人，都会莫名猝死，查无缘由！这皇帝猝死在青楼，传出去必定是遗臭万年！

刘公公微微笑着点头。

刘公公怀里的猫一声尖叫，眼前的马天已经不见了。

刘公公抚摸着怀里的猫。

魏公公恭敬地走了进来。

魏公公：

师父有何吩咐？

刘公公：

万花楼中，莫留活口。

魏公公：

那，马天……

刘公公：

（邪恶一笑）留他何用。

刘公公低头看着万花楼的地图。

5. 万花楼客房　夜内

皇帝追着波斯美女跑，波斯美女欲拒还迎。

皇帝终于抓住了波斯美女，抱起她走到床边，脱掉鞋子，兴奋地躺下。

皇帝：

（兴奋地）快，快，快……

波斯美女羞着脸，替皇帝脱下外衣，解开腰带。

皇帝脸上十分兴奋。

波斯美女蹲下，替皇帝慢慢地脱裤子。

皇帝兴奋加倍，脸上闪过一道闪电，一阵颤抖。

皇帝：

（深呼吸一口气）果然是……绝色美女……

波斯美女害羞地起身，给自己宽衣。

这时候皇帝突然起身，拉起裤子，下床。

波斯美女一看皇帝一脸惊讶，这时候传来扑哧一笑。

皇帝穿着靴子，突然抬头。

皇帝：

是你在笑吗？

波斯美女摇摇头，慢慢地绕到皇帝身后，把手伸进被子里，抽出了一把长剑。

皇帝起身，走到桌子前，拿腰带系上。

波斯美女拿起剑从背后砍向皇帝，皇帝一低头，波斯美女的剑砍在了桌子上。

皇帝：

竟忘记了足衣！

皇帝走到床前穿起了袜子。

波斯美女拼命拔剑，拔不出来，镇定一下精神走到窗边，到皇帝身后。

皇帝穿着袜子，波斯美女一边摸着皇帝的肩膀，一只手从被窝里掏出了一把匕首。

波斯美女举起匕首扎下去，皇帝突然起身，匕首扎在大腿上。波斯美女“哎哟”一声。

皇帝：

（拿起外衣穿上，回头，一脸严肃）你，在笑话我吗?

波斯美女忍痛挤出笑，又收起笑，摇头。

皇帝继续穿衣，小声念叨：

再笑，我诛你九族!

皇帝走向门口。

波斯美女立即拔出匕首，追上去。

皇帝打开门的一瞬间，撞上波斯美女。

波斯美女身体一抽，低头一看，刀插在了胸口，倒下了。

皇帝走出去带上门，想起什么，又打开门，惊呆了。

波斯美女倒在地上，大腿上和胸口流着血。

皇帝愣了一下

皇帝：

只是说说而已……可惜了。

皇帝边说边关上门。

他松口气，转身一看，呆住了。

马天轻轻落地，举着剑对着皇帝。

6. 万花楼外　夜外

魏公公带着一对锦衣卫，藏在万花楼外，透过窗棂，监视着万花楼。

7. 万花楼客房　夜内

皇帝看着马天，吓得连连后退。

马天脸上拧着一股狠劲，举起剑飞向皇帝。

皇帝再退两步，推开了门，被躺着的波斯美女绊倒。

马天扑空，一个空翻，翻到了内房。

马天连忙再次刺向皇帝，波斯美女突然翻身起来，剑刺在了波斯美女的肚子上。

波斯美女脸上一阵抽搐。

皇帝吓得连忙起身，往外跑。

皇帝：

（哆嗦着）护驾！护驾！

马天推开波斯美女，再次冲向皇帝。这时候，两个护卫冲进来。

两个护卫与马天搏斗。皇帝吓得躲在角落里哆嗦着。

两个护卫被马天干倒在地。

马天红了眼，举着带血的剑一步步走向皇帝。

皇帝看着马天的眼睛，吓得往后爬。

马天腾空而起的时候，一对诸葛明的手下冲了进来。

几个人围住了皇帝，另一拨人与马天对打。

马天打了半天，瞪着远处的皇帝，一个转身，从窗户里跳了出去。

8. 万花楼外 夜外

马天从窗户里跳了出来，落在了地上。

魏公公发觉不对，挥手。

魏公公：

一个活口不留！

一队人马冲进了万花楼。

弓箭手射箭，箭落在窗口。

马天落地，卸下夜行衣，露出一身农民打扮。

马天回头看着魏公公的人马，眼睛里闪着恨意，转身消失了。

9. 万花楼客房 夜内

弓箭射进房内，几个人相继倒下。

外面一拨锦衣卫冲了进来，几个人抵挡。

皇帝吓得不知所措。

一个人与另一个对视一眼，拿起一个麻袋套住了皇帝。

皇帝眼前一黑。

10.万花楼外胡同 夜外

灯光昏暗，墙根下有一台板车，板车上有一个粪缸。旁边有一堆稻草。

一个锦衣卫跑过，稻草一动不动，一对眼睛从左至右边。安静下来，稻草人（诸葛明）动了动手指在算，把板车往前推了一点，看了看楼上的窗口。

窗口刀光剑影。

诸葛明：

（手指一直在算）照时辰推算，是时候了！

诸葛明说完，一个麻袋正好落在了粪缸里。

诸葛明像机器人一样挪到粪缸旁边，粪缸里，皇帝拼命挣扎，取下了麻袋。

皇帝欲深呼吸一口气，闻到了臭味，犯恶心。

皇帝：

（急，气）是谁，敢把朕扔到粪缸里，朕要诛他九族！

诸葛明：

（稻草人拱手，小声）嘘！微臣救驾来迟，还请皇上恕罪！

皇帝看到眼前的稻草人，一惊。

皇帝：

何……方……妖……孽？

诸葛明：

微臣诸葛明。微臣昨日夜观天象，紫微星有异，算得一卦……

皇帝：

（双手食指堵住鼻孔）行了行了，别废话了，赶紧把朕拉出去！

诸葛明欲动，这时候看到胡同口，一队锦衣卫往这边来。

诸葛明：

（即刻反应）皇上，卦象上说，您还得再忍一会儿。

诸葛明不等皇帝说话，拿起盖子把粪缸盖上了。

诸葛明机械地跑到墙根草堆前，装作一堆稻草。

诸葛明的眼珠子，动着。

一队锦衣卫凶神恶煞地，从他们眼前经过。

皇帝：

（举起盖子，露出头）诸葛明！

一队人跑来，皇帝缩了回去。

皇帝：

（又钻出来）你要是敢把此事说出去！

一队人从右边跑回来，皇帝又缩回去。

皇帝：

（钻出来）朕诛你九族！

说完，皇帝把盖子盖上了。

11.万花楼内　夜内

大厅内一片狼藉，横尸一片。

老鸨躺在地上，一脸惊愕，手里的丝巾，沾着血。

一身血，披头散发的波斯美女从楼上下来，吓得发抖，疯了一样冲出万花楼。

12.万花楼外胡同　夜外

漆黑，寂静一片。

两个粪缸动了动。

皇帝：

（小声地）诸葛明，你把朕藏粪缸里，待明日，朕一定要诛你九族！

诸葛明推开粪缸盖子，露出一对眼睛，四处转转，看到波斯美女疯了一样冲了过来，吓得立即缩回去。

波斯美女：

谁啊，王八操的砍我，咋那么不长眼睛！

波斯美女狂奔向远方，尖叫声划破天际。

出片名：《山寨大王》

13. 兵部尚书府浴室　日内

周不凡狰狞的表情，一步步地往前走。

浴缸里，皇帝正打盹，打呼噜。

周不凡慢慢地走到皇帝的身后，举起水桶，一桶水全淋在了皇帝身上。

皇帝猛然醒来，一脸的懵逼。

皇帝：

（怒）马拉个……烫！

皇帝一个哆嗦，脸上爽了。

周不凡拎起水桶，跑了出去。

14. 兵部尚书府厨房　日内

火炉里冒着火，周不凡坐在一旁，脸上黑乎乎的，一脸崩溃的模样。

周不凡：

从昨天半夜洗到现在，是掉进粪坑里了吗！

周不凡把一根柴火扔进火炉，打盹，困得闭眼。

周不凡：

（打着哈欠，转过脸，对着镜头）你们应该都已经付费了吧。行，既然都付费了，那我就说几句。我才是这部戏的主角，可前面六分钟根本没我的戏。虽说前六分钟很重要，可也不能把戏全放配角身上吧！现在好了，制片人说，预算全花在前面了。

后面，一个影子慢慢靠近。

周不凡转过脸，猛然警醒，往后一看，捂着胸。

诸葛珠珠猛地抱住周不凡，伴随着骨头碎的声音。

周不凡：

珠珠，（变声）别闹！

诸葛珠珠：

不凡，不凡，我的不凡！

周不凡：

（女声，窒息的表情）你烦不烦？

周不凡拼命地往下滑。

诸葛珠珠：

不凡，不凡。

周不凡滑下去，光着身子飞速往门口跑了。

诸葛珠珠手里抱着一件衣服，傻眼了。

15. 兵部尚书府书房　日内

皇帝坐在椅子上，两旁有丫鬟捧着香水伺候，皇帝拿起瓶子往身上泼，极度不自在。

这时，诸葛明大步走进来，跪地行礼。

诸葛明：

微臣参见皇上！

皇帝见到诸葛明，怒气上来，抽出剑指着诸葛明。两个丫鬟吓得立即跪倒在地。

皇帝：

将朕藏在茅坑里，朕要诛你九族！

两个丫鬟吓得哆嗦，诸葛明使眼色，两人立即退了出去。

诸葛明：

皇上息怒。

皇帝：

好的。

诸葛明：

您先别急着杀微臣，现在最要紧的，是查清到底谁要行刺皇上。

皇帝：

是的！可是朕现在只想杀了你！这事儿要传出去，全天下都得笑话朕！

诸葛明：

皇上息怒。

皇帝：

好的。

诸葛明：

凶手是有备而来，背后主使，定是大有来头，或许还有更大的阴谋。

皇帝：

有道理，但朕还是要诛你九族啊！

诸葛明：

皇上息怒。

皇帝：

我没怒啊。

诸葛明：

如果微臣没猜错，此事必定与刘公公，甚至与太子有关！

皇帝：

（停顿）那朕就把你和太子的九族都给诛了！

诸葛明：

好的。

皇帝：

不介。

16. 刘公公府　日内

魏公公跪在地上一动不动，后面跪着十几个锦衣卫。

刘公公：

（摸着猫）送他们上路吧。

一群太监出现，杀死后面的几个锦衣卫，接着尸体迅速被拖了出去。

魏公公依旧在那跪着。

刘公公：

马天呢？

魏公公：

早已经无踪迹，谅他也没胆子来见您了。

刘公公依旧摸着猫。

魏公公：

师父，马天行动失败。此事皇上要是追究起来，那咱东厂就永无宁日了。倒不如……

魏公公做了一个手势。

刘公公眼睛一横。

17. 皇宫御书房　日内

皇帝看着奏折，闻闻腋下，又闻着手，丢开奏折，拿着香水往身上泼。

一个小太监提着一个食盒进来，刘公公上前接住。

刘公公把食盒打开，在碗里点了点，呈送到皇帝面前。

刘公公：

皇上，这是您最爱吃的猪奶肉泥羹，是皇后亲手做的。

皇帝看着奏折，另一只手端起碗往嘴边送。

皇帝看着黏糊糊的东西，恶心了，厌恶地推开。

皇帝：

啊！！！！不吃……你吃了吧！

刘公公看着碗，有些紧张。

这时候，一个小太监进来。

小太监：

兵部尚书诸葛明觐见！

刘公公立即将碗放到一边。

诸葛明：

（进来，跪地）参见皇上！

皇帝：

（不耐烦地）起来！

诸葛明：

微臣已经查明，（看着刘公公）昨日行刺的是江湖上一伙逆贼，（看皇上）为首的人叫马天。

皇帝：

马天？？？！！！……马天！（气急，指着诸葛明）你给朕记住了，你若敢把昨晚的事传出去，朕诛你九族！

诸葛明：

臣遵旨。

皇帝：

限你们三日，把这个逆贼马天给朕抓来！

这该死的混蛋，朕要一剑捅死他。不，朕要找一个大粪缸，活活熏死他！

刘公公：

微臣领旨！

诸葛明：

臣遵旨！（看了看刘公公）皇上，微臣尚有一事不明。

皇帝：

说！

诸葛明：

平时刘公公都在皇上身边伺候。怎么昨天偏偏就不在呢？（转向刘公公）公公，您昨日去哪了？

刘公公：

（面不改色）臣近来腿疾发作，行动不便，所以向皇上告假，在家中休息。呵呵，倒是我要问问诸葛大人，皇上昨日微服私访，怎么偏偏您就知道皇上有危险，及时救驾呢？莫非……

诸葛明：

（喉结动了动）公公真会开玩笑，皇上出宫素来只有公公您知道。我只是恰巧路过，碰巧救驾而已……

刘公公：

好一个恰巧路过，碰巧救驾……但是恰巧路过青楼……看来您是万花楼的常客呀？

皇帝：

（烦躁的）好了，都给朕住口！抓不到马天，诛你们九族！

皇帝把食盒打倒，猪奶肉糜倒了一地。

18. 面摊厨房　日内

西施在揉面，摔打在面板上，面粉飞扬。

光影下，西施面容美，身材好。

暗影里，马天出来，从背后搂住西施。

马天：

三日不见，你皮肤又好了。

面摊西施：

皮肤好，可有这面好。

马天：

要不比一比？

马天抱起西施，坐在面上。

（激情戏）

西施从板上下来，面上有个屁股印。

19. 街头面摊　日外

马天整理着衣服，从厨房里出来，坐下。

面摊西施端着一碗面，放在马天面前。

远处，周不凡举着一个算命的盘子，吊儿郎当地走过。

周不凡往外走，后面，两个手下在马天对面坐下。

马天吃着面，他对面坐着几个手下。

手下甲：

刘公公现在到处找您，看来是要对咱们下手了！

马天：

知道我为什么吃面不放肉吗？

两个手下愣了一下。

马天：

因为我吃素！

西施。（故意大声喊，停顿扫视四周）再下三碗面！不要肉！

面摊西施：

好嘞，马上。

西施拿起围裙，抖了抖，面粉飞起。

20. 街头算命摊　日外

周不凡抖了抖八卦图，漫天的灰尘，呛。

周不凡把八卦图铺上，这时两个女子坐下，周不凡坐下。

周不凡：

两位小姐，是从南方而来吧。看穿着打扮，您父亲应该是当官的吧。

而且我猜，您是想问什么时候能碰到如意郎君吧？

丫鬟和小姐摇摇头。

丫鬟：

不是。

周不凡愣了愣。

丫鬟：

（指着小姐的嘴角）其实，我们是想问问先生，有没有法子可以去掉我小姐嘴角的这颗痘印。

周不凡看到小姐嘴角印儿，不耐烦地站起来，指着自己的算命幡子。

周不凡：

我这是算命摊！！！去去去，找大夫去。

丫鬟：

能找的大夫都找过了，可他们都没有法子。先生您就行行好，帮帮我家小姐吧。花多少钱都行。

丫鬟拿出了一锭银子。

周不凡：

既如此，那我就给您一个方子。

丫鬟：

先生快说！

周不凡：

听闻三年前，皇上也如小姐一般，（指着嘴角）苦觅药方而不得。后来，高丽国王进贡了一道猪奶肉泥羹。皇上食用三月后，痘印俱除，且爱上了这道猪奶肉泥羹。如果二位相信皇上，不妨一试！

丫鬟：

（欣喜地）谢谢先生。

丫鬟欣喜地掏出一两银子放在桌上，带着小姐欣喜地走了。

看着两人走远，周不凡收起银子，叹了口气。

21. 巷子里　昏外

一个披着破烂斗篷，脏兮兮的老太太（周刘氏），怀里抱着个食盒，疯子似的往前狂奔。

后面，几个人在拼命地追。

周刘氏：

阴阳顺逆妙难穷，二至还乡一九宫。若能了达阴阳理，天地都在一掌中……左生门，右死门。

周刘氏笑了笑，往左跑。后面的人，匆匆追了上来。

几个来回，追的人都累倒在地上，夕阳西下，大家眼睁睁看着周刘氏回头一笑，在夕阳的逆光中，往前走了。

22. 周不凡家　夜内

门开，周刘氏进来，她把斗篷脱掉，抖抖身上的灰，掸掉头上的草叶，成了一副干净模样，而且十分正常。她抱着食盒走到屋内，将食盒放在桌子上。

周刘氏：

儿子呀，开饭了！

屋内陈设简陋，一副穷酸模样。周不凡趴在桌子上，疲惫而又哀伤，抬起头来，无语的看着母亲从食盒里拿出一道红烧鱼，两碗粥，一道青菜。

周刘氏：

这鱼是门口老王家炖的，青菜是街口老张家拿的，粥是从前面的铺子里顺的。今日有口福了。

周不凡：

娘，（停顿一下）您能不能别这样了。

周刘氏：

有什么吃什么，你没有资格挑食。

周不凡：

您总是装疯卖傻的偷东抢西，害的七邻八村的乡亲见了我都绕路走，多丢人啊！你知不知道啊娘！而且，今天为什么没有老刘家的馒头啊？

周刘氏：

嫌丢人别吃啊。要不是我这么给你弄吃的，早饿死了！有本事，你考个状元，让为娘也享享福。

周不凡：

我也想考状元啊，可你丢给我一本破兵书，让我寒窗苦读十年。考状元出的题，（拿出《周子兵法》）跟这破兵书一点关系都没有。

周刘氏：

（捂嘴笑）噢吼吼吼！熟读兵法去考文状元？儿子你果然不凡！

周不凡：

（无语了）考武状元，也不考兵法啊！！！

周刘氏：

那是祖上传下来的，是你老祖宗周瑜写的。

周不凡无语，把那本兵书丢在一边，吃起饭来。

周刘氏：

无论什么时候，记住周家的祖训，要成为周瑜那样顶天立地的男人。

周不凡：

（不停吃着东西）一个被气死的人，有什么好的？我要成为诸葛亮那样的男人。

周刘氏拔下发簪，紧紧握在手里。

周刘氏：

你再说一遍！

周不凡：

我要成为诸葛亮那样的男人。（突然地）啊！

周不凡口里的食物全吐出来。

桌子下，周刘氏的簪子扎在周不凡左腿上。周刘氏拔出簪子。

周不凡：

啊！

周刘氏：

（把簪子插头上）继续吃饭吧！状元也考不上了，明天跟我去诸葛府做家丁吧！

23. 兵部尚书府　日内

门开着，管家坐在那里，悠悠地喝着茶。

周刘氏带着周不凡站在对面。周不凡不是特别情愿。

后面院子里，珠珠追着一个家丁在打。

周不凡一回头，没人。

周刘氏：

管家，他就是我儿周不凡，熟读兵法，还会算命，一身本事。

后面院子里，珠珠追着家丁，打了回来。

周不凡一回头，十分惊讶。

管家：

（叹口气）我们招的是总管助理，他这身本事，怕是并无用武之地啊。

周刘氏：

您再考虑考虑，我儿子很能吃苦的！

管家正要开口，诸葛珠珠出现在门口。

诸葛珠珠：

（气喘吁吁）管家，你昨天给我招的随从被我打跑了，赶紧再给我找一个。

管家：

（为难的）小姐，这可是这个月第十八个了……

周不凡一回头，看到珠珠，有些惊讶。

珠珠看着周不凡，瞬间变得温柔。

诸葛珠珠：

不用找了！

周刘氏一愣。

诸葛珠珠拉着周不凡，欢天喜地地出去了。

周刘氏松口气，管家凑过来。

管家：

一月工钱五十钱，外伤，二两，内伤，二十两。

周刘氏愣了一下。

管家：

我们也是老熟人了，就直说吧，半年时间不到，我们小姐可已经换了 48 个人了……

周刘氏：

（急了）那我还是把我儿子领走吧。

门外面，诸葛珠珠扛着周不凡走了。

管家：

（摇摇头，转身出屋）来不及了。

24. 兵部尚书府珠珠闺房　日内

珠珠就这么看着周不凡，非常花痴状。

周不凡被珠珠看得极度不自在，飘着眼神。

珠珠：

我终于找到你了。

周不凡：

（起身）大小姐，我得去买菜了？

珠珠：

坐下！

周不凡：

好的。

珠珠继续花痴地看着周不凡。

珠珠：

你不觉得这是一种缘分吗？

周不凡：

大小姐，我得去上个厕所……

珠珠：

坐下！

周不凡：

好的。

珠珠看着周不凡，花痴地。

周不凡不自在，慢慢地把身体挪向左边，傻眼了。

珠珠躺着，呆呆地看着周不凡。

周不凡吞了口口水，往右边挪，挪到右边，又傻眼了。

珠珠躺在右边，傻傻地看着周不凡。

诸葛珠珠：

不凡，我永远不会放你走了！

周不凡吞了口口水，吓住了。

珠珠看着周不凡，周不凡左右张望。

周刘氏：

（os）儿子，我先回去了，晚上记得回来吃饭！

周不凡：

（立即起身）妈，我……

珠珠一把抱住了周不凡。

周不凡：

（满脸通红，声音变了）来了……啊……

25. 兵部尚书府院内　日外

周刘氏往外走，忽然停住。

周刘氏：

我怎么听到我儿子在叫我？

周刘氏回头看了看，走了。

26. 一组镜头

周不凡正提着水，珠珠从后面喊着“不凡，不凡”追上来，周不凡猛跑，珠珠猛追。珠珠扑上去，水桶倒了，周不凡被压在下面。

周不凡正在劈柴，珠珠跑来，周不凡放下斧子，猛跑。

周不凡提着一个夜壶，珠珠又来，周不凡用夜壶挡着。

周不凡趁机跑掉，珠珠在后面追着，两人绕着院子追着。

27. 街上算命摊　日内

周不凡趴在桌子上，一副生无可恋的样子。

几个人走过，都吓了一跳，纷纷跑了。

周不凡的身后，珠珠打扮成何仙姑的样子，摆着姿势。依次，七个家丁打扮成八仙汉钟离、铁拐李等人的样子。张果老的驴，对着后面。

周不凡：

（痛苦的）大小姐，我已经下班了，您就不要跟着我了。你们打扮成这鬼样子，真的很影响我生意的！

诸葛珠珠：

你下班了，我们就是朋友。是朋友，就得肝胆相照！你到哪儿，我到哪儿，你做什么，我都陪着！

周不凡：

（抓狂）啊！！

这时，一个丫鬟（第21场）带着十几个家丁气势汹汹地出现在周不凡面前。

丫鬟：

就是他，让我们小姐天天吃什么猪奶肉泥羹。本来是一颗痘印，现在却长了满脸的胡子！本来订下的亲事，也给耽误了！

家丁：

（疑惑地指着周不凡）是他，还是他们？

丫鬟：

管他还是他们，砸了摊子，给小姐报仇！

家丁们冲上去。

珠珠见状，立即挡在周不凡前面。

诸葛珠珠：

谁敢欺负我家不凡！（对后面）上！

这时，七仙纷纷踩着周不凡，跳到了前面，摆着造型。周不凡被踩得啊哟啊哟直叫唤。

家丁们和七仙混战。

这时，一个家丁冲向周不凡。珠珠立即冲上去，前面抱住周不凡。

周不凡：

（变声）珠珠！

周不凡被卡住。家丁们对着他和珠珠乱打。

周不凡：

（变声）珠珠，您快憋死我了。放，放开我。

这时候，一根棍子猛地打在珠珠背上。

珠珠一怒，撒开周不凡，爆发洪荒之力，周围的人都被震飞出去。

周不凡晕了，眼前一片安静。

他看着珠珠抱住自己，朝着他喊。

珠珠：

不凡，不凡！

28. 周不凡家中　夜内

周不凡躺床上，额头敷着冰袋。睁开眼睛。

周刘氏手里举着一根断箭。

周不凡一个激灵，坐起来捂着左腿，发髻歪了，惊恐地看着周刘氏。

周不凡：

娘，之前不都用发簪吗？

周刘氏：

这断箭，也是咱周家的传家之宝，当年周瑜就是死在这断箭下，这箭头上浸泡了我秘制的毒药，关键时候可以用来防身。现在为娘把它传给你。

周不凡：

（接着断箭，坚定的）就算我读周瑜的兵书，带着杀死他的断箭，我还是要成为像诸葛亮一样的男人，（突然地）啊！！！

周刘氏收起发簪，插在头上。

周刘氏：

屡教不改！

29. 兵部尚书府书房　日内

案牍上，香烟袅袅。旁边有一个小厮伺候着。

诸葛明摇晃着算卦的龟壳，停下后，摆出了四枚铜钱。

根据铜钱的位置，眼前出现了一个四方的位置图，出现了四个位置。

诸葛明摇摇头，有些焦急，起身来回踱步。

诸葛明：

（对外面）来人！

两名手下从外面进来。

手下：

大人！

诸葛明：

你们二人，分别带兵二百，一路前往城东，一路前往城西，严密搜捕马天的踪迹。

手下：

是！

手下领命后出去。

诸葛明回头，若有所思地看着卦象。

旁边的烛火缥缈。

30. 刘公公府　日内

烛火缥缈，纱帘飘动，刘公公半躺在椅子上，两宫女蹲在地上给他捶腿。

魏公公端着一盘新鲜的水果，进来，放在桌子上。

魏公公：

师父，这是太子送来的时兴果子。

一个宫女剥了个荔枝，放进刘公公嘴里。

刘公公：

亏他还想着我。

魏公公：

诸葛明现在正全城搜捕马天的下落，若是他先一步抓着马天，万一马天嘴巴不严实，很多事情就难办了。要不，派人把他……

刘公公：

（晃手指）他乃兵部尚书，手中还握着一枚兵符，连皇上都有些忌惮他。

魏公公：

那师父打算怎么办？

刘公公：

跟我去会会这个诸葛大人吧。

刘公公起身，甩袍子。

31. 兵部尚书府院内　日外

周不凡正蹲在地上啃着馒头，一口汤一口馒头，吃得很是满足。

这时珠珠远远地跑来了。

诸葛珠珠：

不凡，不凡！

周不凡见状，立即躲在一棵树后面。

周不凡：

每次都这样，您烦不烦啊！

诸葛珠珠：

不烦，不烦。

珠珠要扑向周不凡，周不凡扔掉馒头，往前跑，却被珠珠堵住，结结实实地被抱住。周不凡身子一缩，滑了出去。

周不凡呆住了，珠珠也呆住了。

珠珠：

（傻眼）你小子会缩骨功？

周不凡反应过来，立即往内院跑。

诸葛珠珠：

不凡，你别跑啊！

诸葛珠珠追了上去。

这时，管家引着刘公公和魏公公往里走。

管家：

公公，里面请！

32. 兵部尚书府书房　日内

诸葛明正在研究卦象。

管家：

老爷，刘公公求见。

诸葛明：

（笑了笑）果然来了。（手指算了算）让他进来吧！

诸葛明示意，手下立即随管家一起出去，刘公公和魏公公进来。

诸葛明：

稀客稀客，是什么风把刘公公您吹来了。您看您这风一吹，这满院的菊花都开了。

刘公公：

（笑了笑）我来，大人应该早已经算到了吧！

诸葛明：

见笑，见笑。（对外面）管家，看茶！

刘公公捂了捂鼻子，魏公公擦了擦椅子，刘公公入座。

魏公公立于一旁，管家上茶后退出。

刘公公喝口茶，吐在地上。诸葛明不动声色。

刘公公：

真是想不到啊，堂堂一品大员，这日子竟过得如此寒酸。让外人看了，岂不笑话？

诸葛明笑了笑。

刘公公：

大人就算不为自己考虑，也该多替千金珠珠打算打算。

诸葛明：

公公所言极是。本官也琢磨着要把这日子过得舒服些，可奈何本官没公公本事。

刘公公：

（尴尬一下）诸葛大人就别谦虚了。您可是皇上跟前的红人，手握一枚兵符，十万禁军供您差遣。光一月的军饷，都够您吃个三五年了。只要大人有心，何愁没银子花。要说这门路，本官哪比得上大人您啊！

诸葛明：

（一笑）公公可真会说笑。眼下倭寇猖獗，屡屡来犯，处处都是用钱的地方。我若从前线将士口中抢吃食，那岂不是有负圣恩？

刘公公：

（低着头，摸着手中的指甲）本官听说在西域有一古国，名为楼兰，五百年来，从未有过战乱。大人可知何故？

诸葛明：

请公公明示。

刘公公：

此国虽小，不过百里地。百姓安居乐业，全赖楼兰君主圣明，内政修明，知人善任，仁厚节俭，爱民如子，以至民富国强。

诸葛明：

公公所言甚是。

刘公公：

说起这个，本官倒是觉得，咱们太子殿下倒是有楼兰国王的风范。

诸葛明笑了笑，不动声色。

刘公公：

大人乃名门之后。当年，刘备三顾茅庐请诸葛孔明出山。本官此次造访，也不是第三次了吧？

刘公公看着诸葛明。诸葛明吞了口口水。

这时候，外面一阵嬉闹声，珠珠大喊着跑过。

诸葛明：

（冲外面）珠珠，就别追那只狗了，小心它咬你。

33. 兵部尚书府院内 日外

珠珠追逐着周不凡。

周不凡突然停下，有些愣。

周不凡：

（莫名其妙）嗯？哪有狗。

珠珠：

不凡，不凡！

珠珠追了过来，周不凡立即跑了。

34. 兵部尚书府书房 日内

刘公公一脸不爽。诸葛明赔笑。

诸葛明：

公公见谅，小女顽皮，扰乱了公公的清净，您继续说。

刘公公一脸尴尬。

刘公公：

皇上命大人三日内抓到马天，不知道进展如何？

诸葛明：

还在搜寻之中。

刘公公：

听说大人擅长卜卦之术，上知天文，下知地理。前日个，皇上有难，大人能及时救驾。如今这小小的逆贼马天，都遍寻不得？

诸葛明：

（笑笑）公公谬赞。如今，抓马天是小，抓到马天背后的主谋，（看着刘公公）才是重中之重！

两人对视。刘公公突然大笑。

刘公公：

哈哈哈，哈哈哈！三日之限，已过了一日。大人不怕抓不到马天，皇上诛您九族？到时候，亲自动手之人，没准还是本官呢？

诸葛明：

哈哈哈哈，既如此，届时还望公公手下留情，给本官一个痛快！

刘公公：

告辞！

诸葛明：

不送！

死太监。（嘴形）

刘公公大步走出。

35. 兵部尚书府院内　日外

刘公公很是不爽，大步往外走。门口的几个小太监跟上。

魏公公：

顽固不化！

珠珠追着周不凡往这边来。周不凡为躲避珠珠，猛地往前冲，直接撞到了刘公公。

魏公公拔剑，刘公公一拍，剑收回去。刘公公一甩，周不凡反倒摔倒在地上。

魏公公：

大胆！竟然敢冲撞刘公公！

魏公公冲上去要拔剑，珠珠冲过来，挡在周不凡前面。

诸葛珠珠：

死太监，你敢动我家不凡一个手指头试试？

周不凡慢慢爬起来，拍拍身上的灰土。

刘公公听了珠珠的话，一脸的怒气，抬头看到周不凡的脸时，却有些呆住了。

魏公公：

（惊）马……

刘公公：

（拦住）马车在外面。

（对珠珠）您就是尚书大人的千金吧，饭不可多吃，话不能乱说，小心病从口入，祸从出口！

诸葛珠珠：

死太监。

刘公公气得不行。

魏公公：

掌嘴！

这时候，后面的太监上前，诸葛明出来。

诸葛明：

住手！

诸葛明大步走出来，几个小太监退到一边。

诸葛明：

公公，您在我府上动手不太合适吧？

刘公公：

（从珠珠转头对着诸葛明）千里之堤，溃于蚁穴。大人要多保重啊！

刘公公转身就走，魏公公等跟上。

诸葛明：

公公慢走！（一本正经）死太监。

36. 兵部尚书府门口　日外

魏公公搀扶着刘公公上了马车轿子。

刘公公不怒自威，看了一眼魏公公。

刘公公：

以后说话先过过脑子。

魏公公：

徒儿记住了。

刘公公：

把刚才那个人给我抓来。

魏公公一挥手，轿夫抬起轿子往前走。

37. 兵部尚书府院内　日外

诸葛珠珠拉着周不凡要走，诸葛明十分严肃地瞪着他们。

诸葛明：

（对周不凡）你就是周不凡？

周不凡点点头。

诸葛明：

你进府的时候，没人教你规矩吗？

周不凡不说话。

诸葛珠珠：

爹，不许你骂我的不凡！

诸葛明：

（生气的）我还没跟你算账呢，跟我进书房。

诸葛明转身进了书房。

诸葛珠珠：

（对不凡）不凡，你不许走，在这里等我喔！

诸葛珠珠笑嘻嘻地跟着诸葛明进了书房。

周不凡看着珠珠走远，火速溜走了。

38. 兵部尚书府书房　日内

诸葛明一脸严肃地坐着，喝口茶。珠珠很不耐烦。

诸葛珠珠：

爹，您要跟我说什么，快点，我还要跟不凡去摆摊算命呢！

诸葛明：

（愣一下）现在外面兵荒马乱的，不许出去！

诸葛珠珠：

不！

诸葛明：

听话！今天你当着刘公公的面这么说话，已经彻底把他得罪了。如今，他已视我为死敌，如果你出去，他会对你不利，拿你要挟我。

诸葛珠珠：

爹，您在朝廷里得罪了那么多人，还差这一个死太监？

诸葛明：

（停顿一下）明天让管家把张妈妈请来，跟你谈一门亲事。杭州府尹徐大人，是我的旧友。他有一子，如今被皇上封为大将军……

诸葛珠珠：

（急了打断）不行，我只嫁给周不凡！

诸葛明：

胡闹！门不当户不对。一个乡下小子，怎么能保护你一辈子！就你的这饭量……

诸葛珠珠：

嗯？？？

诸葛明：

如何养得起你?

诸葛珠珠:

我不管，反正我已经认定他了。

诸葛明:

（无奈的）他这么一穷小子，你到底喜欢他什么呀?

珠珠笑了笑。

39. 街边算命摊　日外

珠珠坐在算命摊前，周不凡睡眼惺忪。

诸葛珠珠正要说，召华郡主带着几个家丁走了过来。

郡主:

哎哟，是珠珠呀，

珠珠:

（立即行礼）参见郡主。

郡主:

算命呢?是算姻缘吧?别算了，你瞧你这肚子，猪一样，谁会要你。

珠珠一阵尴尬，低着头不敢说话。

郡主:

哟，骂你猪你都不言语。前日个，你那爹不是很得意吗?竟然在皇上面前参我父王一本，害得我父王被禁足一月。今日个，我可要替我父王把这仇给报回来。

郡主要出手打人，珠珠抓着拳头强忍着。

这时候，周不凡挡住郡主的手，握着郡主的手腕，顺势拉下来，装作给郡主看手相的样子。

郡主：

你干什么？

周不凡：

郡主！看您这手相，这……哎！（摇了摇头）

郡主：

什么意思？

周不凡：

心胸狭隘，房欲旺盛，婚姻坎坷，早年丧子，中年丧夫……

我劝您啊，去万花楼寻个差事，方可破了这命运坎坷啊……

郡主：

（气急败坏地甩开手）给我狠狠打！

郡主扬长而去。后面的护卫冲了上来，将周不凡一脚踢倒在地，然后一顿打。

40. 兵部尚书府书房　日内

诸葛珠珠一脸幸福的表情。

诸葛珠珠叹口气，想了想。

诸葛明：

要不这样吧，我把他买下来，一辈子留在身边伺候你，但是嫁给他就别想了。

诸葛珠珠：

好的！

诸葛珠珠立即兴奋地跑出去了。

诸葛明：

（愣一下）话还没说完呢，条件是，你得嫁给周将军！

41. 兵部尚书府院内　夜外

诸葛珠珠：

不凡，不凡，你是我的了！

珠珠看周围，周不凡已经不见了。

诸葛珠珠：

人呢？

42. 胡同　夜内

周不凡哼着曲，轻轻松松地往前走。

走着走着，感觉后面有人。

周不凡：

（停下）珠珠！

没人回应，周不凡看到地上有几个人影，立即往前加速跑。

周不凡加速跑，手指算着，前面几个人堵了过来。

周不凡愣在原地，加速算，地上出现一个八卦图。

周不凡：

（看八卦图）西南方，死门，东南方，生门。

周不凡跑到了生门位置，松口气，可这时一把刀架在了他的脖子上。

黑衣人：

刘公公请您进府一趟。

周不凡：

我不想做公公！

周不凡一听，立即捂着下面，一个麻袋套在了他头上。

43. 刘公公府　夜内

麻袋一揪起来，周不凡捂着下面，左右转了转，看到了眼前半躺的刘公公。魏公公站在一旁。

周不凡：

我不想做公公！

魏公公：

你也配！

刘公公起身走向周不凡，上下打量。

周不凡下意识地捂着下面。

刘公公：

像，太像了。不凡不凡，确实不凡呐。

周不凡：

公公，我真的不想做公公。

刘公公：

（摇头）公公是谁想当就能当的吗？

周不凡：

那您莫非是让我算一卦？

刘公公：

哈哈哈哈。那你给我算一算，我接下来这一计能不能成？

周不凡：

（低头算了算，自言自语）绝地，空亡？必死无疑啊！（抬头看公公，笑）上上签，公公此计必成啊！

刘公公：

哈哈哈哈。果然出手不凡，算得真准啊！

周不凡：

那我现在可以走了吗？我妈还等着我吃饭呢？

周不凡往外走，被挡住。回头看着刘公公。

刘公公：

本公公想给你一个机会，让你出人头地，不知你可否愿意？

周不凡：

公公，您饶了我吧，我不想出人头地，我只想回家跟我妈吃饭。

魏公公：

别不识抬举！

刘公公一摆手，魏公公闭上嘴巴。

刘公公：

年轻人，听我说完嘛。你只需要配合我演一场戏，我包你三天之内上皇榜，得到皇上赏赐。到那时候，你想要什么就有什么，也不必在诸葛家当下人了。你母亲也不必到处装疯卖傻抢吃的了。

周不凡：

公公，我真的没兴趣，您另找别人好不好？我娘在家等着我呢……

刘公公：

你娘已经在我府上吃过饭了。

周不凡：

（一惊）我娘她……

魏公公：

来人，把周刘氏带上来。

这时候，周刘氏被两个小太监带上来。

周刘氏：

（兴冲冲地冲进来）儿子，你怎么才来。哎哟，刘公公这里的菜，可太好吃了。

刘公公笑了笑。

周不凡看着周刘氏，想了想。

周不凡：

求公公放了我娘，您说吧，想让我做什么？

刘公公：

哈哈哈，还真孝顺，别急，先陪你娘吃饭去吧！

周刘氏立即上前拉着周不凡。

周刘氏：

儿子，咱走！我跟你说……

周不凡跟着周刘氏出去，两个小太监跟着。

刘公公笑了笑，招呼魏公公上前。

刘公公：

去，告诉诸葛明我们抓到了马天，让他明日个来一趟，看看这出好戏。

魏公公：

师父，这个功，您领了就行，为何还要便宜了诸葛明？

刘公公：

这人是他府上的，如果明日在皇上面前，他敢认这是他的下人，我就能借机告他一个窝藏朝廷钦犯之罪，顺便把刺杀一事都推到他身上……

魏公公：

（恍然大悟）如果他不认，马天也就有了替死鬼？师父，实在是高明！

刘公公：

哈哈哈！

44. 兵部尚书府书房　晨内

诸葛明正算卦，门外传来砰砰的脚步声。诸葛明立即手算，叹气，听见砰的一声。

咣当！！！！！诸葛珠珠猛推开门，急匆匆冲进来。

诸葛珠珠：

（怒吼）爹，你这个大骗子！

诸葛明：

（吓一跳，皱眉）你……又要拆房子吗？

诸葛珠珠：

你还装傻！你还装傻！昨天说好把不凡给我，现在却把不凡藏起来

诸葛明：

是不是回家了？

诸葛珠珠：

我找了，他没回家，就是被你藏起来了！（狮子吼）你把不凡还给我，还给我！

案牍上的东西被吹散，诸葛明头发被吹散，诸葛明很是无奈。

突然一只鞋飞进来，打在珠珠背上，掉地上，珠珠停住了。

这时管家进来，捡起鞋子穿上。

管家：

（很是平常的样子）老爷，刘公公派人来请您去刑部一趟，说是抓到马天了！

诸葛明：

（震惊）备车！

诸葛明和管家匆匆往外走。

珠珠定在原地，一动不动，眼泪掉下来。

45. 刘公公府　日内

皇帝坐在主审的位置，诸葛明、刘公公以及刑部尚书等人，

分列副主审的位置。

周不凡跪在堂下，低着头。

刘公公：

马天，抬起头来！

周不凡慢慢抬起头，有些迷茫地看着周围。

诸葛明看到周不凡很惊讶，但面上仍是不动声色。刘公公看着诸葛明的反应，微微一笑。

皇帝站起来，伸出头，打量着周不凡，一下子变得激动起来。

皇帝：

就是他，那天晚上行刺朕的，就是他！！还审个屁，砍了砍了，赶紧砍了！不，把他泡进粪缸里腌上，把他九族全泡粪缸里腌上！

周不凡一惊，要说话，但想起什么，沉默了。

诸葛明看着周不凡的反应，明白了什么。

刘公公不紧不慢地起身，走到皇上面前。

刘公公：

皇上息怒。

皇帝：

干吗？

刘公公：

在杀马天之前，容臣问诸葛大人几句话。

皇帝：

赶紧问。（对外面的）快去把粪缸给朕备好！

诸葛明感觉到什么，装着镇定的样子。刘公公走到他面前。

刘公公：

尚书大人有没有觉得这个人很眼熟？

诸葛明吞了一口口水。（大特）

诸葛明：

（镇定的）不曾见过。

刘公公：

（笑了）那您想不想知道，我是在哪儿抓的他呢？

诸葛明的喉结动了动。（大特）

诸葛明：

（迟疑一下）莫不是在我府上？

刘公公：

尚书大人太会开玩笑了。

皇帝：

（急了）说这无关紧要的废话干吗，我管你在哪儿抓的，趁新鲜，赶紧把他给朕腌了！

刘公公：

皇上息怒。

皇帝：

干吗？

刘公公：

容臣再说两句。明眼人都看得出来，马天是替人办事，此刻杀了他，就等于把马天灭口了，那不就放过幕后主使了吗？

皇帝：

你说的好像也对。那怎么办？谁给我答案。

刘公公：

待臣查出背后的人来，把他的九族也都腌在粪缸里，皇上觉得如何？

皇帝：

好，就这么定了！

诸葛明看了看刘公公，皱起眉头。

46.天牢　日内

周不凡的脚上戴着脚镣，往前走。一旁跟着刘公公和魏公公等人。

周不凡：

（絮叨）公公，您看我刚才这戏演的怎么样，我可一句话没说，皇上真把我当马天了，您说我多好笑。

周围的人不吱声，周不凡尴尬地笑。

这时候，抬过来桌子，铺上纸笔。

刘公公：

画个押，这场戏就算演完了。

周不凡：

我不是帮您演戏吗？还画什么押？

刘公公：

做戏要做全套嘛。三日后，你就可以出狱享受荣华富贵了。

魏公公：

快点！

周不凡犹豫一下，拿起笔准备下笔，停住了。

周不凡看着纸上的字：在兵部尚书府上做衙役。

周不凡：

我娘这时候应该做好饭了。我还是回去吃饭吧！

周不凡起身往外走，魏公公把刀架在周不凡脖子上。

周不凡：

（嬉笑地）公公，您命里缺水，上火啊。

魏公公：

废什么话，快点画！

周不凡笑了笑，在旁边画了一只鸭子。

魏公公看着周不凡画的鸭子，猛地踢了周不凡一脚。

魏公公：

让你画押！

周不凡：

我画了啊，（点着鸭）鸭！

魏公公无奈了，抓起周不凡的手，周不凡挣扎着，打成一团。

刘公公冷冷地看着，一回头，周不凡在面前，后面还在打着。

周不凡：

（不依不饶地）公公，咱们都说好了，我只是在演戏，画了押，这罪名就坐实了……

刘公公：

哟，还会缩骨功呢？

周不凡：

啊？什么是缩骨功？这戏我可不演了，我得走了……

魏公公等人反应过来。

刘公公忽然伸出手，掐住周不凡的脖子。

刘公公的手指掐进肉里。

周不凡昏了过去。

刘公公把周不凡丢在了地上。

魏公公抓起周不凡的手，画了一个押，将认罪书交给刘公公。

刘公公看着认罪书，满意的笑笑，走了。魏公公跟上。

几个狱卒，拎起周不凡，丢进了牢里。

角落里，吴老头正闭目养神。

牢门“砰”的一声关上了。

47. 兵部尚书府院内——珠珠闺房　日外——内

诸葛明走进院子，院子里一片狼藉。

一个家丁迎上来。

诸葛明：

（烦躁）又怎么了？

家丁：

小姐，小姐……

诸葛明：

小姐怎么了？

家丁：

寻短见了！

诸葛明：

啊？？？

诸葛明急匆匆走进闺房。

房梁塌了，地上狼藉一片，珠珠坐在地上大哭。

管家站在一旁，无奈了。

诸葛明：

房梁怎么塌了？

管家：

坠的！

诸葛珠珠：

爹，您不把不凡还给我，不还给我我也不活了！

诸葛明：

（生气地）胡闹！上个月撞倒了院墙现在还没修好！你干脆把我这家拆了了事！

诸葛珠珠：

（懵，撒泼）我不活了！

诸葛珠珠突然冲向墙。

诸葛明：

（烦）那墙不结实……

管家抬脚，一只鞋打在珠珠胸口，珠珠定住不动。

诸葛明松口气。

这时，一个家丁匆匆进来。

家丁：

老爷，刘公公来了。

诸葛明：

他怎么又来了？

诸葛明转身就走，管家捡起鞋穿上，跟着出去。

珠珠眼睛眨了眨，掉下两滴泪。

48. 兵部尚书府书房　日内

书房外，一队太监候着。

诸葛明一进来，刘公公看都不看诸葛明。

刘公公摸着自己的指甲，诸葛明沉默不搭理。

刘公公：

（玩着指甲）诸葛大人，今日在皇上面前，我可是给您留足了面子，该说的我都没说。

诸葛明：

那真的是马天？

刘公公：

（停顿一下）不管是不是真的，反正皇上已经认定了。

诸葛明：

那就有可能这个马天不是真的？

刘公公：

皇上认定的事情，诸葛大人您还改变得了吗？假如我告诉皇上，这马天是在您府上抓的。（停一下）

刘公公拿出马天的罪状，诸葛明看了看。

刘公公：

您的九族怕是全都在粪缸里腌着了。

诸葛明：

（把罪状推过去）如果皇上知道这马天是假的，这欺君罔上之罪……（看着公公）

刘公公：

（点着罪状）您觉得咱皇上是信你还是信我？

诸葛明微微点头。

刘公公：

若是此刻我将这罪状呈给皇上，那诸葛大人全家上下一百多口人，估计全活不过子时。哼哼！只是我在想，要去哪赶制那么大口缸，安置您的千金呢？

诸葛明：

（笑笑）公公，咱们打开天窗说亮话。您处心积虑这么多年，（掏出兵符，放在刘公公面前）无非就是想要本官手里的这块兵符吧。

刘公公：

诸葛大人说笑了。这块兵符，调动十万军马，除了听皇上的，就是听您的。

在我手里，无非就是一块废铁。

刘公公把兵符推回去。

诸葛明：

那公公的意思是？

刘公公：

很简单，我让您动兵，您就动兵，可否？

诸葛明笑了笑。

刘公公：

诸葛大人，是要继续忠于昏君，还是保全全家性命，给您一夜的时间。哈哈哈哈！

刘公公扬长而去。

49. 刑部天牢　日内

栏杆内，周不凡蜷缩在地上躺着。

吴老头蹲在一旁，摸着周不凡的后背胳膊。

周不凡慢慢睁开眼睛，猛地坐起来。

周不凡：

你干吗？

吴老头：

就你这筋骨，一点儿武功不会，还敢杀皇上？

吴老头坐在一旁，理着乱七八糟的头发。

吴老头：

背黑锅的吧？

周不凡：

嗯。

吴老头：

东厂害的吧？

周不凡：

嗯。

吴老头：

是刘公公害的吧？

周不凡：

您怎么都知道？

吴老头：

我也是这么进来的。想当年……

这时，狱卒拍着牢门，把饭菜放在门口。

狱卒：

马天，吃饭了！吃了这碗饭，就等着上路吧！

周不凡刚要起身，吴老头猛地冲了过去，扒拉着饭吃完。迅速地回到席子上，盖上被子，打鼾。

地上的碗还在抖动。

周不凡凄惨地流着泪。

50. 兵部尚书府书房　夜内

诸葛明正听着手下汇报情况。

手下：

大人，我已经查过，周不凡进我们府之前，就是一个算命的，确实是刘妈的儿子。与马天没有任何关系。况且马天一直隐姓埋名，神出鬼没，我们花了这么大功夫都没找到他的影子，刘公公这么轻而易举就把马天抓了，实在是蹊跷。所以，我怀疑，现在天牢的马天就是周不凡。

诸葛明若有所思地点点头。

手下：

而且，我们还查到，皇上遇刺的那天晚上，周不凡和小姐在一起。

诸葛明一听，赶紧起身出去了。

51. 兵部尚书府珠珠闺房　夜内

珠珠憔悴地坐在椅子上，一副要死的样子。诸葛明坐在对面。管家在一旁立着。

诸葛珠珠：

那天晚上，不凡确实和我在一起，我们还做了羞羞的事情。

诸葛明一愣，咽口水。

诸葛明：

做了什么？你们！

诸葛珠珠：

（暗笑）我替他打了洗脚水，还揉了背。

诸葛明：

（松口气，站起来，来回走，对管家）看来，这一切都是刘公公安排的。一来利用周不凡交差，二来还可以拉我下水，果然是阴毒啊。

诸葛珠珠：

爹，您说什么？拿不凡交什么差？

诸葛明：

刘公公为了害咱们家，在我们家里抓了周不凡，代替马天，关进了天牢，因为周不凡跟马天长得很像。

诸葛珠珠：

马天是谁？

诸葛明：

马天是行刺皇上的刺客。

诸葛珠珠：

周不凡行刺皇上？

诸葛明：

是马天行刺皇上。

诸葛珠珠：

马天是谁？

诸葛明：

说了马天是行刺皇上的刺客。

诸葛珠珠：

马天行刺皇上，为什么抓不凡？

诸葛明：

因为两人长相十分相似。

诸葛珠珠：

那为什么他们长相相似？

诸葛明：

我哪知道啊？好了好了，别管这些了。一句话，现在周不凡被关在天牢，三日后就要问斩了！

诸葛珠珠：

（震惊）什么？天……牢？问……斩？

珠珠翻了个白眼，昏倒在地。

诸葛明：

（愣了下，看着管家）你点她了？

管家：

（低着头看鞋）没有啊。

诸葛明无奈地摇摇头，出去了，管家也出去。

周围安静下来，珠珠睁开眼睛，眼前空无一人。

珠珠弹了起来，蹑手蹑脚走到门口，趴在门口看看门外。

门外无人，珠珠跑了出去。

52. 兵部尚书府院墙　夜外

夜深人静，珠珠蹑手蹑脚跑到墙边。

墙上的泥土未干。

珠珠警惕地看了看四周，轻轻地摸摸墙上的泥土。

珠珠往后退了几步，深呼吸一口气，冲向围墙。

围墙被撞出一个豁口。

珠珠拍拍身上的泥土，挤了出去，几块砖掉落。

整面墙塌掉。

53. 刑部天牢　夜内

周不凡盘坐在地上，捡起几个石块，算了一卦。看着卦象，脸上转忧为喜。

周不凡：

他乡遇友喜气欢，须知运气福禄添，自今开始顺利运，往后凶厄不相干。出门见喜，绝处逢生，有贵人相助？

周不凡摇摇头，又撒了一卦，卦象一模一样。

周不凡：

（惊，抓抓脑袋）为何还是一样？

这时候，吴老头蹲在一旁，看着地上的卦。

吴老头：

这是周家的兵法，你跟谁学的？

周不凡：

我们家祖传的啊。

吴老头：

你娘贵姓？

周不凡：

周刘氏，姓刘。

吴老头：

你家是不是住在小明湖畔，你是不是周瑜的后人？

周不凡：

（惊讶）嗯？您家也住在小明湖畔？

吴老头：

我认识你爹娘。（指着卦）这卦怎么解啊？

周不凡：

古镜昏暗好多年，一朝磨的似月圆，君子谋事逢此卦，时来运转喜自然。

吴老头：

说人话。

周不凡：

得一贵人，绝处逢生！

吴老头：

（大笑后，起身拍拍胸膛）我就是你的贵人！来，你看。

吴老头回头，掀开席子，下面是一个地洞，周不凡捂着嘴呆住了。

吴老头：

（拍着自己的胸脯）贵人在此，（指着洞口）绝处逢生在这！

两人蹲在洞口，看着下面，周不凡一脸目瞪口呆。

吴老头：

你愣着干吗，快走啊！

周不凡说着往地洞里钻，想起什么，又折回来。

周不凡：

不对啊，既然您能出去，干吗还待在这里？

吴老头：

当年，发生了一件大事，只可惜，我没成功。后来那个死太监为了讨当今皇上欢心，就把我给弄进来了。要不是我贪睡，当今这龙椅……唉，莫提了莫提了。

周不凡：

（惊讶地）难道您就是传说中的……

吴老头：

你听说过我？

周不凡：

（一本正经的）没有。

周不凡立即往下走，又回来。

周不凡：

不对啊，您还是没告诉我您为什么不出去。

吴老头：

当年，我花了整整三年的时间，挖了这个洞。三年后，我胖了……钻不出去了。

周不凡：

那您再花三年，挖大一点儿就是了。

吴老头：

罢了，罢了。这里有吃有喝，还不会有人杀我。别人隐居山林，我匿在天牢，也不失为一种雅趣。

周不凡：

哦，有道理。

吴老头：

年轻人，快走吧，能跑多远跑多远，去闯荡你的天下吧！

周不凡听罢，钻进了洞里。

吴老头：

（想起什么，冲进洞里）等一下！

周不凡卡在洞里，往上看。

周不凡：

（在洞里缩骨变女声）干什么？

吴老头：

（拿出一块兵符交给他）这兵符给你。

兵符落下，打在周不凡脸上，周不凡啊哟一声。

吴老头：

待出去后，去城西集市，只要亮出兵符，即有千军万马为你所用。如果你要找那死太监报仇，也顺便帮我把仇报了吧！

吴老头说完，把盖子盖上，黑场。

54. 刑部门口或者天牢外　夜外

门口，墙上挂着几盏灯笼，下面有几个狱卒把守。

诸葛珠珠一身何仙姑打扮，大义凛然地走过来。

狱卒警惕地举着手里的刀，迎上去。

狱卒：

什么人？胆敢擅闯天牢！

诸葛珠珠：

你哪只眼睛看见我闯天牢了？

狱卒：

那你要作甚？

诸葛珠珠：

闯！天！牢！

55. 荒郊茅屋　晨（天快亮）外

周不凡从地洞里冒出头，慢慢地爬起来。

光线渐亮，四处虫鸣。周不凡撣掉泥土和头上的茅草，往一边走。

周刘氏：

（os）不凡！

周不凡一愣，回头看到一个凉亭，凉亭里坐着周刘氏，她面前的桌子上摆了一桌饭菜。

周不凡：

（怀疑地）娘？

周刘氏：

（挥手）过来！

周不凡犹豫了一下，走到凉亭里，在周刘氏面前坐下。

周刘氏不慌不忙地给周不凡倒酒盛饭。

周刘氏：

你爹当年临走之前，给我留了个口信，说你今年此时会有一难，让我今日寅时备好饭菜，在此等你。

周不凡：

（愣一下）好厉害！那他有没有说我之后会怎样？

周刘氏：

并没有。

周不凡：

（无奈，吃饭）娘，您也没提起过我爹的事儿，他到底哪去了？

周刘氏：

唉，当年，你爹被东厂设计陷害，为躲避追杀出了门，至今不知是死是活。

听说一直关在天牢里面，颐养天年。

周不凡：

啊？我爹不会就是吴老头吧？

周刘氏：

你姓周。（突然意识到）谁是吴老头？

周不凡嘴里大口吃着，放下筷子，掏出一块兵符放周刘氏面前。

周刘氏看着兵符一愣，拿起来看了看，顿时泪流满面。

周刘氏：

这死鬼，竟然没死！

周不凡：

吴老头说，有这块兵符可以去号令千军万马。

周刘氏：

城西集市吗？我知道。（深呼吸一口气）他还好吗？

周不凡：

能吃能睡，胖了三十斤。

周刘氏：

（笑了）死性不改。

周不凡：

他真的是我爹？

周刘氏：

你姓周！不管这些，你告诉我到底发生了什么。

周不凡叹口气，放下筷子。

56. 刑部天牢　晨（天快亮）内

监狱门被打开，珠珠被扔进牢里，哭着。

对面的牢里，吴老头猛然惊醒，站起来趴在牢门上。

吴老头：

不在高老庄好好待着，跑这来干吗？

诸葛珠珠：

（呆萌的）什么意思？

吴老头：

调戏嫦娥被抓进来的吧？

诸葛珠珠：

（呆萌的）什么意思？

吴老头：

二师弟，待俺老孙除去这五指山封印，便前去救你！

珠珠一听，哭的更大声了。

诸葛珠珠：

（边哭边喊）你才是，猪，八戒！

57. 荒郊茅屋 晨（天快亮）外

桌子上摆着几道菜，周不凡抽泣着吃饭，周刘氏在一旁心疼地看着。

周刘氏：

（怒）死太监，害了你爹，现在又来害你！但是为什么，他要拿你冒充马天，而且皇上还信呢？

想必你与这刺杀皇帝的马天长的很是相像。

所以，才拿你去皇上面前邀功，并且利用你在诸葛府当杂役的身份，要挟诸葛大人。

周不凡：

（惊）娘，您好聪明，简直就是神算子啊！

周刘氏：

（无语了）儿子，你打算怎么办？

周不凡：

跑！

周刘氏立即拿发簪。

周不凡：

（立即）娘，息怒，我找个地方躲起来！

周刘氏的簪子扎在了周不凡左腿上。

周不凡惊声尖叫，低头一看，周不凡拿盘子挡着。

周刘氏镇定地把簪子带上，突然扎在周不凡右腿上。

周不凡傻眼了，突然大叫起来。

周不凡：

啊！好疼啊！娘，我错了。

周刘氏：

（默默地扎好簪子）身为周瑜的后人，如此懦弱！此仇不报，你怎么对得起周家的列祖列宗！

周不凡：

那我现在该怎么办？

周刘氏：

抓马天。

周不凡：

抓马天？我除了知道他叫马天，长得跟我一样，其他可是一无所知，您让我上哪找去？

周刘氏：

（微微一笑）我，你娘，见过他。

58.（闪回）街上面摊　日外

披头散发的周刘氏抱着一只鸡，疯狂往前跑，经过面摊。后面两个男人猛地追了过去。

周刘氏又折了回来，惊讶地看着眼前的面摊。面摊上，马天坐在那里与面摊西施说笑。

周刘氏：

不是在考场吗？怎么来这搞对象了？

周刘氏抱着鸡走上去，拍拍马天的头。

周刘氏：

嘿！儿子，我给你……

马天回过头，莫名其妙。面摊西施更是莫名其妙。

周刘氏觉得不对，忽然伸手一指马天的对面。

周刘氏：

看，妖怪！

马天和面摊西施看着前面，回头一看，周刘氏抱着鸡狂奔而去。

59. 荒郊茅屋 晨（天快亮）外

周不凡听着，傻眼了。

周不凡：

娘，您也是太神通广大了吧，怎么什么都知道！

周刘氏：

（笑笑）所以，你只需找到面摊西施，就能引出马天。

周不凡：

可是，我一点儿武功不会，怎么抓马天？

周刘氏：

（指指脑袋）用脑子！

周不凡若有所思地点点头。

周刘氏：

你的兵符交与我，我去号令千军万马，你速速去找面摊西施抓马天，我即刻与你会合！

60. 街边面摊　日外

周不凡站在面摊外，远远地看见面摊西施在招呼客人。

吃客：

西施，我的面好了没？

面摊西施：

来了！

面摊西施端着面一转身，呆住了。

周不凡站在了西施的面前。

面摊西施：

（惊）今天怎么这么早？

周不凡：

饿了！

面摊西施：

（略微怀疑的）那我给你下碗面。

周不凡：

好。

周不凡坐下。

面摊西施：

还是牛肉面？

周不凡点点头。

面摊西施：

（西施站住回头问）要不要牛肉？

周不凡：

（不假思索地）要，多加点。

面摊西施微微一笑，转身，进了厨房。

周不凡看着西施的样子，想了想，跟了上去。

61. 面摊厨房 日内

西施正在揉着面。

这时候，周不凡从背后走近，看着西施的背影。

周不凡握着拳头，准备下手。

这时候，西施突然转过身。

周不凡一惊，与西施对视。

西施略带挑逗地走向周不凡，周不凡有些慌乱地步步后退。

周不凡退到了墙边，紧张地看着西施。

西施笑了笑，吻上去。

周不凡紧张地咽了口口水，瞬间将头扭到一边。

面摊西施：

你怎么了？

周不凡：

没，没事。

面摊西施笑了笑，悄悄地拿起了案板上的菜刀。

西施把刀架在了周不凡的脖子上。

面摊西施：

你到底是谁？

周不凡：

我是马天啊。

面摊西施：

你不是马天。说，你到底想干什么？

周不凡：

好吧，我叫周不凡，我找马天有点事儿。

食客：

（os）西施，我的面好了没有？

面摊西施：

（转头）好了，好了。马上！

西施一回头，空举着刀。

周不凡在西施身后，拿着一把小尖刀抵着西施的脖子。

周不凡：

叫马天出来！

62. 刘公公府　日内

刘公公正听着魏公公汇报。

魏公公：

师父，毛将军已经集结十万大军，三日后就可到城外。

刘公公：

（笑）好！

刘公公立即走到案牍前面，提笔写下一份文书。

刘公公：

送去给吴尚书，秦大人，三日后寅时，以鼓声为号，进宫擒王。

魏公公：

是。

魏公公拿着文书，往外走，这时候，一个小太监急匆匆进来。

小太监：

师父，不好了，周不凡被人劫走了！

魏公公：

（惊讶地）什么？谁干的？

小太监：

诸葛明的女儿诸葛珠珠劫的天牢。不过，她已经被我们的人抓了，现在就关在天牢！

刘公公：

竟然舍了千金去天牢救周不凡，这诸葛明打的什么主意？

魏公公：

师父，那咱们现在应该怎么办？

刘公公：

（笑了笑）既然诸葛明给我送了这么一份大礼，岂能辜负他的一片心意。押上诸葛珠珠，去诸葛府！

63.街边面摊　昏外

面摊上，客人都已经散去，只有周不凡挟持着西施，在等着。西施紧张地看着周围，手发抖。

面摊西施：

你死心吧，他不会来的。

周不凡：

你也觉得我跟他长的很像吗？

面摊西施：

不像。

周不凡：

可为什么他们都说我们像呢？你说，我们是不是双胞胎？我娘没跟我说过啊！

这时，马天坐在了周不凡的前面。

周不凡傻眼了。

西施担心地看着马天，马天笑了笑。

马天：

西施，给我来碗牛肉面，不要牛肉！

周不凡有些愣神地看着马天，慢慢地松开，西施紧张地起身，看着马天有些愣神。

马天：

愣着干吗，下面去！

周不凡把断箭插在发髻上，看着马天。

马天和周不凡二人对视。

马天：

能从刑部天牢逃出来，你够有本事的啊。

周不凡：

这你都知道。

马天：

说吧，你把我引出来，要怎样？

马天笑笑。

64. 兵部尚书府书房　昏内

管家在一旁候着。

诸葛明打下一卦，有些呆住了。

诸葛明：

（自言自语）大凶！

这时，一个家丁慌慌张张匆匆进来。

家丁：

老爷，不好了，出大事了！（焦急地）现在刘公公带着一帮锦衣卫，闯进来了，拦都拦不住！老爷，您快去看看吧！

管家一听，立即往外走，冲出去。

诸葛明匆匆跟上。

65. 兵部尚书府院内　昏外

十几个家丁步步后退。

诸葛明和管家冲到了前面。

外面，刘公公和魏公公身后跟着二十个锦衣卫乌泱泱地进来。

刘公公：

（指着诸葛明）诸葛明，你好大的胆子，竟然敢指使你家女儿劫天牢，救走刺杀皇上的要犯马天！

诸葛明：

你把我女儿怎么样了？

这时候，魏公公领着被捆着的珠珠出来。

珠珠满脸是伤，十分狼狈。

诸葛明一惊。管家要冲上去，被诸葛明拦住。

诸葛珠珠：

（歇斯底里地）爹，救我。那死太监打我！

66.街边面摊　昏外

周不凡：

马天大哥，你刺杀皇上，你应该进天牢，你应该被诛九族。

你让我一个穷算命的替你去顶罪，也太不要脸了吧？

马天：

这事儿不能怪我，一怪刘公公算计到你头上。二怪你跟我长的这么像。

周不凡：

跟你长的像能怪我吗？

马天：

怪你妈！

周不凡：

怪你妈！

马天：

怪你妈！

周不凡：

你怎么骂人啊！

这时候，西施端着一碗面上来，放下，转身往里走。

马天：

（看着西施，开始吃面）漂亮吧。你看看，我的女人，再看看你的女人。

周不凡：

我的女人？我哪有女人！

马天：

估计你还不知道吧，你的女人为了救你，昨天夜里，去劫了天牢？撞坏了天牢两堵院墙！

周不凡：

（站起来）珠珠？你说珠珠？

马天的两个手下出现在周不凡身后，把周不凡按着坐下。

周不凡：

（急切地）她现在怎么样？

马天：

（吃着面）估计在刘公公手里吧！

周刘氏：

（os）放开我儿子！

马天一回头，看到周刘氏往这边来。

周不凡突然缩小了身体，挣脱开，迅速抽出头上的断箭，钻到桌子下面，一下子刺在了马天左腿上。

马天：

啊！

两个小弟见状，扑了过来。千军万马突然冲过来，四个人陷入混战。

周不凡看着千军万马，有些奇怪。

马天捂着伤口，要站起来，却倒在了地上。

周不凡把断箭插在发髻，马天试图站起来，腿软了，眯着眼睛，有些迷糊。

周不凡：

别挣扎了，箭上有毒。越动死的越快。

此时，千军万马制服了两个小弟。马天也晕倒在地上。

周不凡：

两位是谁啊？为何帮我？

千军万马正要开口，这时候周刘氏跑了过来，气喘吁吁。

周不凡一愣。

周刘氏：

儿子，这就是我给你请来的千军万马！

周不凡看着千军万马，傻眼了。千军和万马傻笑着。

周不凡：

千军和万马呀！

周刘氏：

（对千军万马）这是我儿子，周不凡！

万马：

什么？周什么？

周刘氏：

周不凡！

万马：

什么不凡？

周不凡：

（无语的，大声）你跟我们走就是了！

万马：

好的。

周不凡抓抓脑袋，往外走。

周刘氏：

儿子，你去哪！

周不凡：

我要去救珠珠！

周刘氏：

就凭你，怎么救珠珠。先跟我去诸葛府找诸葛大人，商量对策，再救不迟！

67. 兵部尚书府院内　夜外

诸葛明看着珠珠，不慌不忙地。

刘公公一伙人，气势汹汹。

刘公公：

到当下这个局面，我还得感谢您呢，诸葛大人。如果不是您派这头猪去劫狱，我还走不到这一步。

诸葛明：

公公，您把珠珠放了，有什么要求我都答应您。

刘公公：

哈哈哈哈。到此时，这事儿可没那么简单了。昨夜里我已经把阳关道给您铺平了您不走，

今日您只能闯这鬼门关了。

诸葛明：

公公如果想要我这条老命，可以随时拿去。只是可怜小女年

幼，不懂世事，还望公公放她一条生路。

刘公公：

念得尚书大人与我交往数年，尚有一丝情意，我可以放珠珠一条生路。只是……

诸葛明把腰间的兵符掏出来。

刘公公：

诸葛大人明智。城外一百里，戍边大将军毛文龙已集结十万大军。今夜子时，便可抵达城外。

诸葛大人将您的十万大军归位毛文龙大将军麾下，归本公公调遣。

诸葛明：

我答应公公，可以放过小女了吗？

刘公公：

（慢悠悠地）这只是其一。

珠珠在一旁急得不行。

珠珠：

死太监，你能不能一口气说完！

刘公公：

其二，皇上等会儿就来了。您得当着皇上的面儿，承认马天窝藏在您府上。

而且，是您在背后指使他刺杀皇上！

管家：

刘公公，您这是要逼皇上诛我家九族啊。

刘公公：

正是。就是要用您家里一百六十七口人命，换珠珠一人性命。诸葛大人，您是换还是不换？

珠珠一听，急了，冲向刘公公。

珠珠：

你这心狠手辣的死太监，我跟你拼了！

珠珠冲上去，被魏公公拦住，一脚踢倒在地，被一顿打。

管家见状，要冲上去，被诸葛明拦住。

太监：

（os）皇上驾到！

这时，皇上后面跟着四个人，走了进来。

所有人跪地行礼。

所有人：

皇上万岁万岁万万岁！

68. 兵部尚书府墙外狗洞　夜外

两个锦衣卫把守着一个狗洞。

这时候，千军（拄着拐杖）万马（均穿锦衣卫的衣服）从两旁进来，分别将两个锦衣卫撂倒。

周不凡（穿锦衣卫服装）背着一麻袋走过来，周刘氏（穿锦衣卫服装）跟在一旁。

周不凡和周刘氏联合把马天从狗洞里塞进去。

随后，周不凡和周刘氏，万马进入狗洞。

千军最后进入，拐杖卡住，横着卡住，竖着卡住。

69. 兵部尚书府院内　夜外

皇帝坐着，打着哈欠。

刘公公：

（快速的）皇上，关于马天刺杀一案，臣已经查明幕后指使是谁。

皇帝：

（一下子精神了）是谁？朕要灭他九族！

刘公公：

就是诸葛大人！

皇帝：

嗯？诸葛大人？？？……是谁？

刘公公愣了一下，看了看诸葛明。

皇帝：

诸葛明！！！我要诛你九族！！！

刘公公：

皇上息怒！

皇帝：

不介！

刘公公：

那马天本是诸葛大人府上的一名杂役。

诸葛珠珠：

死太监，你放屁！

刘公公微微一个眼神，魏公公脱了袜子，把珠珠的嘴堵上。珠珠拼命挣扎。

诸葛明看着，忍着。

刘公公：

受诸葛大人指使，在万花楼行刺皇上未果。

当本官抓了马天，查清了这一切，诸葛大人又命女儿诸葛珠珠闯了刑部天牢，劫走马天！

珠珠挣扎着要说什么，叽里呱啦。

刘公公掏出一张供词，呈到皇帝手中。

皇帝：

（看完供词，大怒）啊？诸葛明，你好大的胆子！刘公公所言，当真属实？

诸葛明：

皇上，刘公公所言，句句均属诬告。与马天勾结刺杀皇上的，其实正是刘公公自己！

刘公公害怕马天落网后，暴露他的所有罪行，所以抓走微臣府上的衙役周不凡，冒充马天顶罪。甚至还要挟微臣与他合作。

皇帝：

嗯？刘公公，诸葛大人所言，当真属实？

刘公公：

皇上，诸葛大人所言，句句均属诬告。臣在尚书大人府上抓到的马天，皇上可是见过的。

皇帝：

嗯，是他！

诸葛明：

皇上，您所见到的是我府上的杂役，名叫周不凡。真正的马天隐遁市井，难觅踪迹。

皇帝：

这世上会有这么相似的人吗？

刘公公：

诸葛大人，您为了脱罪，这谎也编的太离奇了吧！

70. 兵部尚书府院内墙角 夜内

千军万马周不凡和周刘氏四人躲在墙角，看着里面发生的一切。

万马：

他们在说什么呀？

千军立即捂住万马的嘴巴。

周刘氏：

死太监，这么多年了，竟然一点都没老。我要去问问他，是怎么保养的！

说罢，周刘氏上前走去。

周不凡：

娘！

周不凡没拦住，急匆匆跟上。千军万马抬着麻袋走上去。

71. 兵部尚书府院内　夜外

诸葛明：

皇上，容微臣解释清楚。

皇上：

我不听！我现在就要诛你九族！来人啊，把诸葛明一家给我抓了！

几个锦衣卫上前，要抓诸葛明等人。

这时，周不凡领着周刘氏千军万马冲了出来。

周不凡：

请皇上息怒！

皇上：

好的。

所有人看着周不凡等人，呆住了。

周不凡：

（跪地，摘帽子）草民周不凡参见皇上！

皇帝：

（定睛一看）马天！

周刘氏立即打开麻袋，马天被捆着，吐着白沫。

周刘氏：

皇上，这才是马天！

皇帝：

两个马天！

周不凡：

皇上，我叫周不凡，他才是马天！

皇帝：

那谁行刺了朕？

周不凡：

是他，马天！

皇帝：

那你又是谁？

周不凡：

草民周不凡。

皇帝：

喔！

周不凡：

皇上，刘公公派马天去行刺您。事情败露后，刘公公抓住我，让我伪装成马天。

刘公公才是刺杀您的背后主使！

周不凡看了看刘公公。

皇帝：

（气急）刘公公！朕要诛你九族！

刘公公：

（冷笑）皇帝老儿，我刘权何来的九族！

刘公公后退一步，魏公公带着人冲到了前面。

刘公公：

全都杀了！一个不留！

皇帝四个护卫立即挡在皇帝面前。

诸葛明：

（见状）护驾！

皇帝：

死太监，你还想杀朕！朕要诛你九族！

周不凡，管家，千军万马迅速地挡在了皇帝的面前，与锦衣卫打起来。

皇帝被围在一个圈里，管家护着诸葛明也进了圈子里，千军万马护着周不凡和周刘氏也进了圈子。

周不凡与皇帝撞到一起。

皇帝：

（指着周不凡）马天！

周不凡：

我是周不凡，他才是马天。

皇帝：

喔！

皇帝迅速地用手挡着，往诸葛明身后躲着。

前面，一片混战。

远处，珠珠在人群中，挣扎着。

魏公公抽出一把刀要刺向珠珠。

周不凡看见，冲了过去，挡在了珠珠面前。

周不凡背上，被划了一道口子，鲜血直流。

周不凡倒在地上，珠珠看着，喊不出口，眼睛睁得很大。

魏公公再次出手，要杀珠珠。突然一只鞋子飞过来，魏公公定住。

管家飞了过来，将魏公公打倒在地。

魏公公昏死过去。

周不凡拔出珠珠嘴里的袜子。

珠珠：

不凡，不凡，我终于见到你了！你怎么这么傻，为什么要替我挡这一剑！

周不凡：

（站起来）我没事！

管家：

（保护着周不凡和珠珠，打着）不凡、珠珠，你们快走！

周不凡和珠珠往外走。

一片混战。

四大护卫护着皇帝，诸葛明，管家千军万马护着周不凡和周刘氏，一点点往后退，退到了一个墙角。

远处，刘公公坐在椅子上，冷眼看着。

这时候，刘公公感觉到旁边有什么，回过头一看，傻眼了。

刘公公：

嗯？？？何方妖孽？

汉钟离站在面前，笑了笑。

汉钟离：

汉钟离！

韩湘子等五仙依次而出，介绍自己后，围着刘公公。

周不凡打扮成吕洞宾出来。

周不凡：

（对着刘公公）吕洞宾！

刘公公：

（懵了）八仙，还有一个呢？

七仙指着后面，笑了笑。

诸葛珠珠打扮成何仙姑的样子，慢慢地走出来。

珠珠：

何仙姑在此。

刘公公：

（傻眼）你们想干吗？

周不凡：

（抽了刘公公一巴掌）打你啊！

刘公公：

你竟敢打我！

周不凡：

（又抽了一巴掌）打你怎么了，打的就是你这死太监！

周不凡等七仙，围着刘公公一顿毒打。

刘公公被打得血肉模糊。

这时候，诸葛珠珠冲了过来。

诸葛珠珠：

让我来！

周不凡等七仙退开，刘公公躺在地上哎哟哎哟。突然他吓得眼睛睁大。

珠珠腾空而起，扎扎实实落在了刘公公身上。

刘公公一声惨叫，口吐白沫。

另一边，依旧打成一片。

这时候，诸葛珠珠拎着刘公公冲上前。

诸葛珠珠：

都住手！

所有人都回过头，傻眼了。

周不凡：

谁还敢动，这死太监就没命了！

所有锦衣卫不敢动了。

周不凡和珠珠拎着刘公公走到了皇帝的前面。

皇帝躲在角落里，睡着了。

诸葛明：

皇上！

皇帝没反应。

诸葛明：

皇上！

诸葛明见皇帝没反应，猛踢了皇帝一脚。

皇帝：

（猛醒）啊？发生何事？

诸葛明：

皇上，刘公公被抓住了！

皇帝：

（站起来，冲上前）死太监，朕要诛你九族！

周不凡：

皇上，死太监没有九族！

皇帝：

那就把他泡进粪缸里腌咯！

这时候，刘公公突然跪倒在地。

刘公公：

（突然求饶）皇上，臣知错了！

（跪着爬向皇上）皇上，臣一时猪油蒙了心，犯糊涂，您就看在臣服侍多年的份儿上，饶了臣这一次吧！

皇帝：

你这死太监，跟了朕这么多年，竟然敢谋害朕，而且还不止一次！

这时候，刘公公袖子里亮出了一把刀。

周不凡见状，拔出了头发上的断箭。

周不凡：

（冲过去）皇上小心！

周不凡一个飞旋，扎中了刘公公的左腿。

刘公公起身的一瞬间，栽倒在地，口吐白沫，死了。

72. 皇宫御书房　日内

皇帝坐在龙椅上，周不凡和诸葛明站在下面。

皇帝：

周不凡，你两次救朕。你说，要朕赏你什么？马天？！！

周不凡：

草民周不凡！

皇帝：

你把脸给朕转过去！再转！再转！

周不凡背对着皇上

周不凡：

近来倭寇进犯，草民向皇上请命，跟随诸葛大人一起出征抗击倭寇，为国效命。

皇帝：

这个容易，朕就封你一个都尉指挥使。

周不凡：

谢皇上！

皇帝：

转过去

字幕：数月后

73. 皇帝寝宫　日内

皇帝翻着奏折，一副厌烦的样子。

魏公公低着头进来，举着手里的战报。

魏公公：

皇上，前线送来捷报，诸葛将军和周将军再立军功，已经将倭寇赶出浙江了！

皇帝：

（大喜）好！

魏公公：

皇上且慢，臣有句话不知当说不当说。

皇帝：

当！

魏公公：

皇上有没有想过，这个周不凡的身份可疑得很。

臣总是在想，会不会当时救皇上的是马天，而真正的周不凡已经死了？

皇帝听罢，呆住了。

皇帝：

然后呢？

魏公公：

如今，他战功赫赫，皇上一再封赏。假如他拥兵自重，自立为王，到那时，后果不堪设想啊。

皇帝：

然后呢？

魏公公比出一个杀头的手势，皇上瞪着魏公公，学着也比出杀头的手势，

皇帝：

什么意思？

魏公公：

杀了吧……

皇帝：

杀谁？

魏公公：

周不凡。

皇帝：

不是已经腌在粪缸里了嘛？

魏公公：

您腌的是马天。

皇帝：

那谁行刺的朕？

魏公公：

马天。

皇帝：

马天不是腌粪缸里了嘛？

魏公公：

对啊。

皇帝：

是啊！还有事吗？

没事下去吧！

魏公公：

……遵旨。

74. 官道　日外

远处，千军万马正牵着三匹马，马吃着草。

千军万马回头，看向后面，珠珠和周不凡正说着话。

珠珠打扮成农妇的样子。周不凡看着珠珠，有些无语。

周不凡：

他们要抓的是我，你不必装成这个样子的。

珠珠：

我怕暴露你嘛。不凡，以后没我在身边，你一定要保护好自己。

周不凡：

（无语地）放心吧，我会保护自己的。

珠 珠：

你走之前，能不能让我再抱你一次。

珠珠看着周不凡，周不凡笑了笑。

周不凡：

不早了，我该上路了。后会有期。

周不凡立即转身，往前走。

珠珠看着周不凡，眼神里透着不舍和忧伤。

珠珠：

不凡！

周不凡突然停住，转身回去，走到珠珠身边。

周不凡一把抱住珠珠。

珠珠有些呆住了。

周不凡：

谢谢你，珠珠！

周不凡说完，转身大步往前。

珠珠看着周不凡上了马，和千军万马狂奔而去。

珠珠泪流满面。

75. 野外草地　昏外

夕阳下，千军万马和周不凡骑马往前走。

远处，夕阳西下，是周不凡和千军万马的剪影。

千军：

（os）将军，咱们为何要逃？

周不凡：

（os）皇帝老儿，容不下我！

千军：

（os）那咱们去哪啊？

周不凡：

（os）去山寨，做大王！

——第一部完——

彩蛋：片场（兵部尚书府、刘公公府等待选） 日外

音乐《山寨大王》

全体演员跳山寨大王舞蹈。